Fetish《フェティッシュ》
~ÉGOÏSTE3~
~エゴイスト3~

CROSS NOVELS

かわい有美子
NOVEL:Yumiko Kawai

石田育絵
ILLUST:Ikue Ishida

CROSS NOVELS

CONTENTS

CROSS NOVELS

Fetish
～ÉGOÏSTE3～

CONTENTS

若葉の頃

出会いの春に

ちょうど、季節は春。

春の到来がいつもよりも半月近く早い年で、桜の開花も例年より早く、病院の周囲の桜も、四月の頭にして、そのほとんどが葉桜となっていた。

その日も、日射しがうららかで、穏やかな日和《ひより》だった。

循環器科医長の古谷和臣《ふるたにかずおみ》は、明るい春の日射しの差し込む窓を背にして、学会報告誌の中の蜘蛛膜下出血についての項目を読んでいた。

もう間に合わないというのに、あれから十五年ほどの年月が流れたというのに、いまだに蜘蛛膜下出血と聞けば、反応してしまうのはなぜなのだろう…、と古谷は手にしていた学会誌を閉じた。

心臓内科を担当する古谷にとっては、まったくの専門外でもあるのに、何か新しい治療法が出たと聞けば、知らず知らずのうちに目を通してしまう。

古谷は、母親を早くに亡くしながらも、父の庇護のもと、姉と古谷の三人で、大学時代の半ばまではそれなりに幸福な家庭を築いていた。しかし、父親が蜘蛛膜下出血で倒れたことによって、その生活は一変した。

父の入院やそれにまつわる日々の記憶は、いつも暗い灰色味を帯びていて、音がない。

あの頃、他人から向けられた言葉は、声の調子も、その内容の一言一言も、すべて鮮明に思い起こすことができるのに、記憶の中の日々はいつも憂鬱なほどの暗さと静けさに押し包まれていた。

あの頃の息苦しいような日々は、いまだに古谷にとっては他人に対する根強い不信感のもととなっている。

おそらく、十五年という年月にかかわらず、古谷の中であの問題は解決をつけないままに燻《くすぶ》り続けていて、いつまでもずっと胸の奥底を苦く焦がし続けるに違いなかった。

思い返すだけで息の詰まる過去の記憶に、うららかな春の窓辺で学会誌を見下ろす古谷の視界も、急に色褪《いろあ》せるように穏やかな色味を失ってゆく。

窓の外に揺れる若葉をよそに、古谷は医長室の窓辺で一人、重苦しい閉塞感と静寂とに包まれ座っていた。

ふいにその部屋の中の静寂を破るように、卓上の電話が鳴った。

一瞬にして、古谷の意識が現実へと戻る。

学会誌を机の上のトレイに戻しながら、赤く点《とも》った内線ボタンを押すと、よう…、といつも朗らかな友人の声がする。

そんな声にどこかほっとするような思いで、それでも古谷は努めて素っ気ない声を出す。

「中西《なかにし》か、何だ？」

『何だ、っていう言い方もないだろう。あいかわらず、つれないなぁ』

大柄な友人は地声が大きい。

さして、つれないとも思ってなさそうな声で、電話の向こうの中西は豪快に笑う。

古谷は椅子の背に深くもたれ、長い脚を組み直した。

『お前のところ、もう研修医来たか？』

「いや…、そろそろかな」

古谷は腕の時計に目を落とす。

今朝方、婦長から、今日づけで研修医が三人ほどやってくることを聞かされていたが、棟内回診やその後の慌ただしさで、すっかり失念していた。

しかし、古谷にしてみれば、研修医がやってくるのは毎春のことで、だんだん目新しさもなくなってきている。

研修医の場合は、普通の会社の新入社員などとは違って、その後の定着率も悪く、特に古谷が以前にいた大学の付属病院などにおいては、循環器科だけで、毎年、顔や名前を覚えきれないほど大量の研修医が入ってくる。

古谷自身が直接に研修医を指導する指導医をやっていた頃はとにかく、科全体をとりまとめるような上の立場になってみれば、いちいち顔や名前を覚えようとする意欲も薄らいでくる。

「三人ほど来る予定なんだが、そのうちの二人は林田《はやしだ》の下だからね」

のっぺりしたH大卒の医長補佐の顔を思い出しながら、古谷は机の上に頬杖をつく。

腎臓を専門にする林田は、顔だけ見ていればあまりこれといった特徴のない男だが、その実、K大派とH大派に真っ二つに別れた病院内で、H大派の急先鋒たる内科部長の腰巾着だった。古谷のいる循環器科を含めた、内科全体を取り仕切る部長の権威を笠に着て、やたらと古谷にも楯突いてくる。

言葉つきだけは慇懃《いんぎん》だが、何かと古谷の指示に逆らうその態度が癇《かん》に障《さわ》る。指示を受けても、口先だけでいったんは古谷の意見を持ち上げてみせ、その後、粘着質な口調で反論してきたり、陰で古谷の指示とはまったく別の指示を下に出していたりと、色々姑息な真似をする。

最近ではわざわざ下の者に、実際に古谷の指示が通っているのか確認しなければならないことも多く、古谷は心底、辟易《へきえき》していた。

正直、顔も見たくないときもあると中西に言ってやったら、腹を抱えて笑われた。

『俺んところは、全員、うちの大学の出身で揃ってるぜ。事前に打診して、優秀そうなのばっかり、引っこ抜いてきてやった』

「そういうのはありか？」

それはまた、ずいぶんな根回しだと呆れてやると、声は明るいながらも、意外に真面目な答えが返る。

『お前の心臓と一緒で、人間の一番大事なところを扱うんだもんよ。知識も技術も覚悟も、それ相応のものをもってるやつじゃないとね』

脳外科で、直接に人の脳にかかわる仕事をしているだけに、そして、過去、古谷がどれだけ苦しんだかを知るだけに、中西の仕事に対する態度はいつでも真摯《しんし》だった。

そして、そんな友人が脳外科にいることに、いつも古谷は安堵する。

「私なら、無能な奴は追っ払うな」

古谷は、わざと鼻先で軽く笑ってやった。

『ほら、お前の方が俺より冷たくて薄情だ』

それでもそんな古谷の反応に安心したように、中西は笑う。

いつまで経っても、自分はこの友人に心配をかけているのだと、古谷はその声を聞きながら思った。

ふいに電話の向こうで、看護婦がスピーカーを通して中西を呼び出す声が、明瞭に聞こえた。

「おい、呼んでるぞ」

『おう、ちょっと行ってくるわ』

受話器をぞんざいに顎にはさみこみながら古谷が促すと、中西は慌ただしく内線を切った。

結局、何の用件でかけてきたのかも言わずじまいの電話だったと、古谷が受話器を置いたところで、すぐにまた、内線ランプが点った。

「はい、古谷ですが…」

コールを待たずに答える古谷に、しっかりした婦長の声が名乗った。

『先生、小林《こばやし》です。新しい研修医の方、揃われましたので、今からそちらにお連れしてよろしいですか？』

「はい、お願いします」

事務的に短く答えて、古谷は電話を置いた。

何の気なしにそのまま椅子を窓の方へと回転させた古谷は、ふと窓の外を眺め、自分が昔、研修医として迎えた春はどんなものだったか思い出そうとした。

しかし、遠い春の日は、今となってはあまりはっきりとした記憶としては残っていなかった。

春らしい、和やかな日だと、今日初めて古谷は窓の向こうに揺れる若葉を眺めながら思う。揺れる若葉の柔らかな緑の色に、しばらく古谷は気を取られていた。

やがて、ノックの音がして、婦長が顔を覗《のぞ》かせた。

「先生、お連れしました」

ドアの方を振り返った古谷は、軽く椅子を回転させた。

「どうぞ、入ってもらって」

婦長が軽く頭を下げ、ドアを開いて後ろの白衣の三人を促す。

まだ医師としての貫禄が備わらない、頼りない印象の若い眼鏡の男が三人、揃いも揃ってどこかおどおどした様子で入ってくる。

どうも覇気の感じられない連中だと思いながら、古谷は前二人の顔を順々に眺め、最後に二人より少しばかり背の高い、細身の男を見た。

色白で、あまりぱっとしない印象の銀縁の眼鏡をかけているが、前の二人に比べるとつるりとした女顔を持っていた。瓜実型《うりざねがた》の顔は小造りで、目は切れ長。まるで男雛《おびな》のように品のいい顔立ちだ。

ただし、姿勢が悪く、お仕着せの白衣が余るような印象を受ける。全体的な雰囲気としては、三人の中でも一番冴えない感じがした。

その男は一瞬、眼鏡越しに古谷に少し熱を帯びたような視線を向けてきた。古谷がまっすぐに見つめ返すと、うっすらと頬を染め、ほんのわずかの間のあと、すぐに怯えるように視線を床に落とした。

　この男…、と古谷はわずかに目を細めた。

「こちら、書類になります」

婦長は手にしてきた履歴書と、院内の書類とを合わせて、古谷の前に差し出した。

「ああ、どうもありがとう」

古谷は櫻井《さくらい》、榎木《えのき》…、と履歴書をめくり、最後に白井《しらい》明佳《あきよし》と書かれた名前を見つけた。

じっとこちらを見据える履歴書の写真を見て、あの以前に覚えた感覚…、まるで自分に気があるのではないかと思わせるような、あの独特の感覚が蘇る。

古谷はさらに書類をめくり、白井が自分のいる心臓内科に配属であることを確かめる。

古谷は書類を置き、ゆっくりと目の前の三人を眺めた。

「失礼、お待たせした。循環器科医長を務める古谷です」

古谷は口を開いた。

「初めまして」

ＥＮＤ

ソーダガラスの微熱

春に…

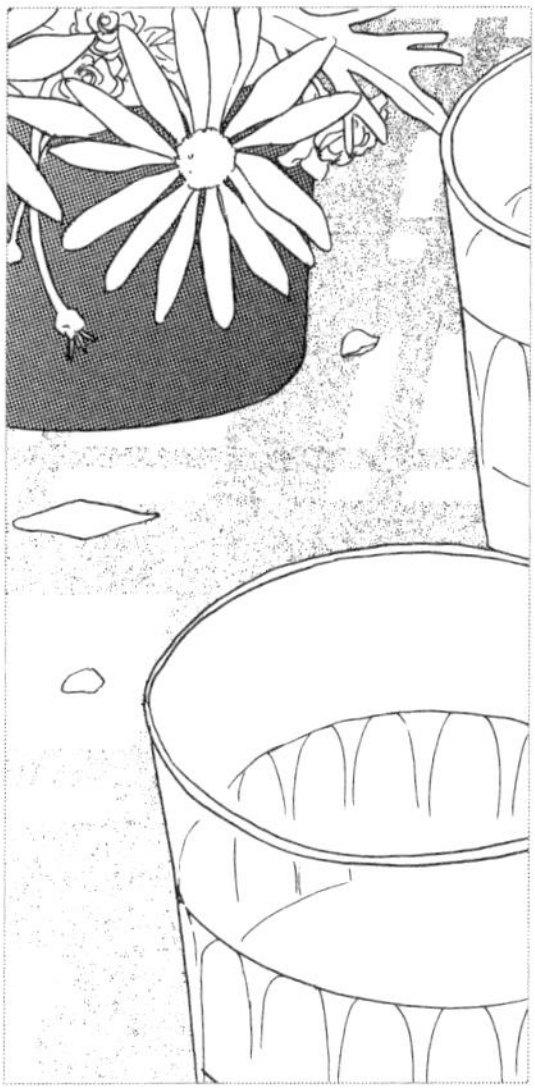

I

カーテンを開け、リビングの窓を開け放つと、長らく人の住まない澱《よど》んだ空間に、さわやかな風が入り込んでくる。

まだ少し肌寒いが、明るい日差しには間近となった春の気配が感じられる。

明るい草色のニットに身を包んだ白井明佳《しらいあきよし》は目を細め、しばらく外の風に白い頬をさらしていた。

これまでも月に一、二度、こうして空気を入れ換えに戻ってきていたが、白井がわずかに半年ほど住んだだけのマンションは、いつまで経ってもモデルルームのように生活感のない空間のままだった。

もともと、好きで集めていた絵本以外には、持ち物らしい持ち物も置いていない。

今では家電製品以外のほとんどのものは古谷《ふるたに》の家に移されていて、家の中はがらりとした印象だけがある。

「ほとんど住まなくても、何となく埃《ほこり》はたまっていくもんだな」

すでに玄関脇の納戸から取りだしたらしい掃除機を提げ、長身の古谷和臣《かずおみ》がリビングに入ってくる。

今日も襟許を締め付ける衣服を嫌い、ゆったりと襟口の広いクルーネックのグレーのニットに、ジーンズという姿だった。

「先生、そんなこと僕が…」

腕を差し出しかけた白井を制し、古谷は首を横に振る。

「ここは私がやるから、寝室から片づけてきたら？　まだまだやることは多いよ。今日と明日じゃ足りないぐらいだ」

古谷は言いながらキッチンの方に向かいかけ、そういえば…、と白井を振り返った。

「この間、彩香《さやか》がここに来たんだろう？」

「ええ、絵本を見せてほしいって」

白井は笑う。

「中学生にもなって、どうしてまだ、絵本なんか読みたがるのかな」

古谷は不思議そうに首をひねる。

彩香は古谷の姪であったが、中学に入って、もともと整った顔立ちが輪をかけてはっきりと美しく整ってきた。すでに白井と古谷の関係を薄々知っているだろうに、昔と変わらず白井になついてくれている。

首をかしげる古谷に、白井は笑って肩をすくめた。

「僕もいい大人にもなって、あんな絵本をいくつも集めてましたから…」

家族にかまわれなかった寂しさを埋めるため、白井が昔から少しずつ集めていたのは絵本だった。寂しい、時に消えていなくなってしまいたいと思うほどに寂しい気持ちを埋めてくれたのは、異国の王子と王女の夢のような恋物語、心躍る少年少女達の冒険譚、恐ろしい魔法使いや怪物たちのお伽話《とぎばなし》、ユーモラスで時には涙のこぼれるようにやさしく悲しい動物たちの描写、妖精たちの寓話だった。

慰めばかりではない。古谷に出会うまでの、抑圧されて歪んでいた白井の奇妙な性癖。それもあって、絵本は子供と話す時の白井にとってのいい話の糸口でもあった。

寂しさを埋めるためのまったく純粋な目的ばかりで集められたものではないことを知る男に、白井はいささかの自嘲をこめて、後ろめたさを苦い笑いに紛《まぎ》らわせる。古谷と会うことがなければ、白井はどこへ向かっていたのだろう。

複雑なその性の対象は、幼い未熟な子供ばかりに向けられていたわけではない。しかし、成熟して世慣れた大人の男は恐ろしかった。そして、白井の初恋の相手は、時に怖いほど残酷な少年だった。

あの恐ろしいほどの孤独といびつで未熟な性癖を抱え、そのまま一人で歩き続けていれば、いずれはあまりにグロテスクで惨めな結末を見ていたのではないかと、今も白井はぞっとしない思いにとらわれる。あのころの毎日は何もかも輪郭がぼんやりと曖昧《あいまい》で、すべてが鮮明な色味を欠いているように思えた。そのままずるずるとうずくまっていたいような無気力、長く浸り続ければいつかすっかり自分の影と入れ替わってしまいそうな怖いほどの孤独。

振り返ってみれば古谷との出会いは、何もかも受動的であった白井の人生で大きな分岐点でもあった。

白井の寂しさや歪んだ性癖を知っているはずの男はゆっくりと口許をゆるめ、白井の頬へと手を伸ばし、何も言わずにそのまま白井の頬を指先で撫でた。

頬に触れた古谷の手は温かい。

白井は目を閉ざし、男の手に自分の手を重ねて、その手の温もりに頬をすり寄せる。

言葉にはせずとも、表情や仕種、雰囲気で伝わるもの。そして、言葉で言いあらわす以上に、手に触れた熱や眼差しだけで伝わるものがあるのだと、教えてくれたのは古谷だった。

白井は触れあった部分から伝わる、古谷が安易に口にはしないものを探ろうとする。

「絵本が流行りらしいですよ、彩香ちゃんの友達の間で。今度、手作りの絵本も見せてくれるって言ってました。

雅美《まさみ》君も彩香ちゃんも、絵が上手ですね。雅美君はこの間、県展か何かで賞をもらってました……」

「県展？」

意外そうに首をかしげる古谷を、白井は笑って見上げた。

「ええ、風景画らしいんですけど、きれいな絵でしたよ」

彩香の兄である雅美は、先天性の心臓欠陥のために、白井と出会った時には二つ年下の彩香とほぼ同じ程度の骨格しか持っておらず、そう先は長くないと思われていた。

しかし、二年前にアメリカで移植手術を受け、今は日常生活なら問題なく過ごせるほどにまで元気になった。

いっときは彩香に追い越された身長も、去年から徐々に伸びだし、今は彩香と肩を並べるほどにまで伸びた。少しずつ、年相応の少年らしい体格やのびのびとした雰囲気を取り戻しつつある。

自分を縛り続けてきた何かから解放されるのはこういうことなのだろうかと、時に白井は雅美にかつての自分を重ねて見るような思いにとらわれる。

「雅美にそんな特技があったとはね…」

白井の頬を愛おしむように撫でた古谷は、昔のあの傲然とした表情が嘘のように、穏やかに目を細めた。

「雅美も彩香も、昔は私を一番だって言ってくれてたんだけれども、いつの間にか、君のほうが一番になってしまってるね」

「でも、彩香ちゃんのナンバーワンは、あいかわらず先生だそうですよ。

私の理想の男の人なんだって…、そう言ってました」

自分がほめられているように嬉しそうに頬を染める白井に、古谷は苦笑する。

「いつまで、あの気の多い彩香のナンバーワンでいられることやら」

古谷は片眉を器用に吊り上げてみせると、そっと白井の背中を押した。

「さぁ、向こうを整理しておいで。終わったら、夕飯に寿司でも食べに行こう」


古谷はああ言ってくれたが、実際にはもう、寝室には片づけるものなどほとんどない。ベッドまわりと、本棚のものをしまってしまえば、ここにはものなどほとんどないに等しかった。

古谷がカーテンを開けておいてくれた寝室に入り、白井は長い間、主《あるじ》の不在なベッドを眺める。

そこで眠った記憶よりも、昔、古谷に隠しておいた同性愛者向けの無修正の本をいくつも広げられ、足許が音を立てて崩れてゆくような絶望感や恐怖を味わったときの記憶のほうが、なぜか鮮明に蘇ってくる。

全身に冷や水を浴びせられたような、心臓が冷たく凍るような、あんな絶望や恐怖を味わったことなど何年ぶりだっただろう…、と白井は視線をさまよわせる。

今では思い出話に変じたあの頃の記憶を探っていると、ふと、本棚のアルバムが目に留まった。

白井は本棚の前に立ち、一番下の段の隅のほうに、封印するように押し込まれた一冊のアルバムを眺めた。

それは白井の高校時代の卒業アルバムだった。

白井はひざまずき、古谷の母校ともなるその男子校のアルバムを取りだした。

昔の苦い思い出が立ちのぼってくるようで、もう何年も開けることのなかったアルバムだった。

白井はちらりと寝室のドアを振り返り、古谷のかける掃除機の音を聞き、そこに自分のしっかりとした足場を確かめる。

封印しなければいけないたまれないほどに恐れた過去を、今はもう、恐ろしいとは思わなかった。

白井は卒業アルバムを開いた。

II

「なあ、白井」

ふいに自分の机の前に立ち、机の上を軽く握った指の先で叩いたクラスメイトの声に、白井は驚き、顔を上げた。

驚いたのはふいに声をかけられたことにではなく、いつも白井が目で追いかけている少年の声がすぐ真上から聞こえたことにだった。

「自分、いっつも休み時間、本読んでんな」

相手はざっくばらんな関西弁で、白井に笑いかけてくる。

「何読んでるん？」

クラスメイトは大きく目を見開き、一気に脈拍を跳ね上げた白井の様子になど頓着した風なく、そのままくいと文庫に指をかけ、中身を上から覗《のぞ》き込む。

「ああ、ホームズ先生。俺、これ、小学校の時に学級文庫で読んだっきりやわ」

ふーん…、とオフホワイトのシャツの上に黒のニットを羽織った少年は、無造作に白井の手の中から本を取り上げ、ぱらぱらとページをめくる。

白井は驚きと喜び、そして激しい動揺とで、身動きすることすらできずに、憧れの少年が自分の前に立つのを見る。

九條《くじょう》というその少年は、クラスメイト達の中ではかなり背が高い。

クラスではかなり賑《にぎ》やかな方で、常に誰かと明るく話をしている少年だった。大阪の市内から通学しているというが、誰とでも親しみやすい人なつっこい話し方をする。

切れ長の目が特徴的で、すっきりした輪郭や目鼻立ちを引き立てている。動作の大きい、飾り気のない、時には子供っぽくもある無造作な仕種が、いつも流れるようだと白井は思う。

クラスが違ったときから、廊下やグラウンドにその姿を見かけるたびに、何となく気になる存在だった。それが、今年クラスが一緒になってからは、九條が教室のどこにいても、白井はその存在を目で追いかけてしまうようになっていた。

この間の席替えで、九條の席が白井の近くになってからは、授業の時はいつも黒板を眺める振りでその広くしなやかな動きを見せる背中を見ていた。

こんな感覚が少しおかしいことはわかっている。

おかしいばかりか、あの厳しい祖母や、白井をただおとなしいとばかり思っているクラスメイトらに知られれば、どんな言われようをするのかも薄々見当がついている。

しかし、わかってはいるが、九條の姿を視界に収めている間の幸福感の前には、白井の中で揺れる禁忌など、たちまちかすみとんでしまう。

なんてなめらかに大きく動くのだろう、なんて無造作に笑うのだろう、なんて無邪気に笑い転げるのだろう…と、蝶が花の甘い蜜の香に誘われるように、気がつけば白井はふらふらと九條の姿を目で追っていた。

ニットに包まれたまっすぐな骨格がきれいだな…、と半ばぼうっとなりながら、白井は九條がページを繰ってゆくのを見上げていた。

九條は背は高いが、身体の前後の厚みはまだなく、すべてのラインが直線的で少年っぽい。その中に青年らしい荒削りで力強い伸びやかな筋肉の発達が見え、目も眩むほどに魅力的だった。

異性の丸く柔らかなラインよりも、同性の力強く直線的なラインに引かれる自分の性的な嗜好の歪みにはかなり前から気づいていたが、見ているだけなら気づかれないから…、と白井は自分に言い訳する。

「シャーロック・ホームズって、『緋色の研究』や『パスカヴィル家の犬』とかは知ってるけど、こんなにシリーズがあるっていうのは知らんかったなぁ。もう、話も覚えてへんしなぁ。

これ、自分の？」

九條は一通り本に目を通すと、律儀にもとのページを開いて白井に尋ねる。

「うん、この間、買ったばっかり…」

「次、誰かに貸すん？」

「いや…、特には…」

どぎまぎしながら答える白井にも、九條は他のクラスメイトと話すのと同じテンポで、矢継ぎ早に言葉を浴びせかけてくる。

「じゃあ、読んだら、次、俺に貸してぇや」

九條は、はじめて言葉を交わすにもかかわらず、忘れた教科書を見せてくれと頼むのとまったく同じような気安さで言う。

「…かまへんけど…」

その怖いほどの幸福感に鼓動を跳ね上げる。

耳朶《みみたぶ》まで熱くなって、真っ赤になっているのが自分でもわかった。

「白井、あれやろ。京都から通てんやろ？」

白井は、ただ憧れをもって眺めるばかりだったクラスメイトが、自分が住む場所まで知っていることに驚き、まともに九條の目を見つめ返した。

「自分、男のくせに、可愛らしいおっとりした京都弁話すって、有名やで」

九條は、きれいな歯並びを見せて笑った。

普通の京都育ちの男よりも白井の京訛が目立つのは、白井が女ばかりの間で育ったためだった。白井の話す言葉は、実際には男達のものよりも女達の京訛に近い。

しかも、祖母や伯母達の言葉に染まっているため、少し時代がかっていて、よけいにそのおっとりとした訛が目立つ。

「だから、ちょっと、話してみたかってん」

一瞬、白井は自分が顔から火を吹くのではないかと思った。顔中を真っ赤に染めてうつむき、その怖いほどの幸福感に酔いしれる。

「どうしたん？　俺と話して緊張した？　自分、人見知りするん？」

九條が笑いながら長身をかがめ、顔を覗き込んでくるのに、白井は必死になって首を横に振った。

「九條、当番やろ！　科学室の鍵、開けてくれや」

教室の入り口で、九條の友達が招いている。

ああ、せや…、と行きかけ、九條は振り返った。

「俺、本読むの、そんなにはよないけど、かまへん？」

白井はかろうじて、こっくりと頷《うなず》いた。

「…うん、全然…」

「ほな、また貸してな。約束やで」

九條は普段からごく親しく話をしている間柄のように念を押すと、足早に友人のほうへと走っていった。

白井は思いもしなかった幸運に、まだ頬を上気させながらその背を見送る。

これで次も話すきっかけができた。それに何かを期待しているわけではなかったが、また、九條と親しく言葉を交わす機会ができるだけで、十分に嬉しい。

ちょっと、話してみたかってん…、と九條が言ってくれた。

帰っても、祖母の逆鱗《げきりん》に触れることを恐れて、物音ひとつたてることのできないあの南禅寺の家で、今日からはあの言葉を何度も胸の内で反芻《はんすう》して、幸せな思いにひたることができる。

誰かが自分のことを気にかけてくれている、しかも、あの自分が憧れてやまない少年が気にかけてくれている…、そう思うだけで、ずいぶん寂しさが紛れる。

白井は少しでも早く読み終わらねばと、嬉しさに平静を失うあまり、いっこうに文字が頭に入ってこないページを何度も目でたどり続けた。

III

きれいな背中…、と薄手のストライプの夏物のシャツに包まれた、すぐ前の席の九條の背中を、白井はぼんやりと見ていた。

風を通すために大きく開け放った窓の外には、大きな入道雲が見え、グラウンドの木立からは蟬がやかましく鳴きたてる声が、体育教師の怒号に混じって聞こえてくる。

不快指数はうなぎ登りの夏日で、数日後には期末テストを控えた夏休み前、授業にはまったく適していない暑い一日だった。

本を貸すことからはじまった白井と九條との関係は、それなりに友達と呼べるところまでに至っていた。

この間の席替えでは、窓際の席に前後して並ぶこととなったせいで、さらに親しく話すようになった。

九條がアンダーシャツを嫌って、素肌にじかにシャツを着込んでいるため、無駄な肉のない広い背中は薄く汗ばんで、よく日に灼けた肌の色が微妙に透いて見える。

手を伸ばして触れてみたくなるような衝動を抑え、白井は英文読解の教科書の陰から、友人の背を少し邪《よこしま》な思いで眺めていた。

「次、白井。続きから章の終わりまで、読んで段落ごとに要旨をまとめろ」

ふいの教師の名指しに、白井は驚いて顔を上げる。

予習はしてあるものの、肝心の授業の中身は暑さと不純な物思いのせいとで、ほとんど耳に入っていなかったため、急に指名されると、いったいどこから読み上げればよいのかわからなかった。

気まずい思いでノートと教科書の上とに視線をさまよわせながら、まわりから不審に思われるほどの時間をかけて立ち上がる白井の教科書を、半身をよじった九條が指先で差す。

「二段落めの『The industrial readjustment』からや」

その小さな助けに、白井は九條にだけわかるよう、口許に感謝の笑みを浮かべた。

九條は、これまで白井のまわりにいた、少しおとなしめの鬱屈したような優等生タイプの友人達とは、まったくタイプが異なる。

常に互いの成績を牽制し、腹の底を探り合うような進学校特有の友人関係に少し疲れはじめていた白井は、九條のおおらかさにずいぶん救われていた。その分、これまでの友人達の間に距離が空いたような気がするが、九條の側にいられることを思えば、それも苦ではなかった。

白井は教科書を取り上げ、読み始めた。

アメリカの経済成長と、その成長がもたらした社会問題についての論文だった。

複雑な社会問題を考えるには不向きな夏日には、難解な英文を読み上げても、次から次へと頭の中から単語が溶け落ちてゆくような気がする。

文章を頭の中で置き換えることについては断念して、白井はいささか正確すぎる発音で英文を読み上げ、予習してきたノートの論旨をまとめるだけにとどめた。

成績自体は悪くはないが、英語が好きか嫌いかといわれれば、どちらかというと苦手なほうだった。

とりわけ、こんな四角四面の経済論を英語で読まされることには抵抗がある。もう少し、面白みのある小説や歴史などを扱ってくれた方が、話の中身にも興味が持てるのに…と思いながら、論旨をまとめ終えた白井は教師の反応を窺《うかが》い見た。

いちいち息をひそめて相手の反応を窺うのは、長らく白井の身についてしまった習性だった。

母親の不義によって生まれた白井は、ずっと神戸の実家を離れ、京都の南禅寺にある母方の祖母の元で育った。自分の存在を疎《うと》んじている祖母や親族の目を常に恐れ、少しでもその機嫌を損ねることがないよう、常に伏し目がちに相手の反応を窺っている。

そうやってウサギのようにびくびくして過ごす自分は好きではないが、長らく身についた習性は簡単には改まらなかった。

ようし、座ってよし…、と中年の教師は白井に向かって頷く。いつも通り、よくもなく、悪くもないというレベルなのだろう。

白井はそんな反応に、少しホッとして、腰を下ろした。

必要以上に人目を引きたくない。人目を引けば、誰かが自分の後ろ暗い部分に気づきそうな気がする。いつもどこかで、そんな不安に白井は怯え続けている。

「三段と四段は、うまくまとまってる。その要約でいい。五段についてだが…」

複合単語の訳し方に問題がある…、と黒板に単語を書いて説明をはじめた教師をちらりと眺め、白井は再び、目の前の九條の背中に視線を戻した。

九條はさっきページを教えてくれたことなど、何とも思っていないかのように、うつむき、教師が書き上げてゆく構文を写している。おおらかに過ぎるほどの普段の言動からは、一見、授業を熱心に聞くタイプでないように見えるが、成績は悪くないのは、ちゃんとこうして地道に努力しているせいだろう。

きれいな背中…、と白井は憧れをこめて、その健康的な広さを眺める。

触ってみたいな…、と白井は思った。

無駄のない張りつめた肌は、触れればきっと白井の肌よりも熱いだろう。一瞬、熱っぽい九條の指先がぎこちなく自分の肌に触れる感触が頭の中に思い浮かんで、白井はその淫らな妄想に一人、頬を染めた。このうだるような熱気に、思考の方も熱に蕩《とろ》けているようだ。

指を伸ばせば届くところに、目眩《めまい》を感じるほどに魅力的で無防備な九條の背中がある。

後ろめたくないと言えば、嘘になる。いつか、こんな自分の危うい衝動に、誰かが気づきそうな気がする。それでも、目が離せない。目で追うことをやめられない。

誰かに気づかれたらどうしよう、こんな思いを見破られたらどうしよう…、そんな不安に未熟な胸を痛めながらも、白井は危険で倒錯した欲望に浮かされるようにして、その背中を見つめていた。

Ⅳ

九月に入ってすぐ、夏休みあけの体育の授業は、水泳だった。

回数こそ、小学校の頃に比べれば格段に減ったが、水泳の授業のある日は小学校の頃より、用意が面倒だと誰かがぼやいている。

二年の夏休みともなると、休みの間中、夏期講習に通って遊びに出ない者が多いのか、休みがあけたばかりだというのに、水着姿のクラスメイト達の肌は全体的に生白い。

まだ射るような強い九月の日差しの中でも、青白い小魚の群を見るような弱々しさを感じる。

夏風邪で少し微熱のある白井は、いつものようにおとなしい私服に身を包んだままの姿で、白い顔の上に手のひらをかざして日差しを遮《さえぎ》りながら、そんな級友達の姿を眺めていた。

熱のせいか、その強い紫外線のせいなのか、プールサイドに立つ白井の視界は青いフィルターを通しているように見える。

こんなものの見え方はどこかで覚えがある…、と白井は鈍く瞬《まばた》きながら、記憶の中にその既視感を探っていた。

まだ、熱っぽい頭は何を考えるにも反応が少し鈍く、その思考は散漫だった。

まったく泳げない白井にとっては、水泳の時間は苦痛以外の何ものでもない。

プールの隅に特別枠を作られ、同級生達の好奇と同情の視線に耐えながら、何度も水に顔をつける訓練をさせられるのは辛い。

祖母にばれれば大目玉を食らうだろうが、白井は生徒手帳に祖母の字を真似て、風邪のために体育見学希望の旨を書き、勝手に認め印を押しておいた。

もちろん、見つかったときにどれだけきつくなじられるかはわかっているが、もともと白井に興味のない祖母は、いまだに白井が泳げないことすらも知らない。ここ数日、白井が熱っぽかったことすら知らないだろうから、こうして勝手に水泳の授業を休んでいることも、よほどのことがない限り、知られることもないだろう。

風邪を引くような脆弱《ぜいじゃく》さをなじられてまで祖母に見学の許しを請うよりは、若干、良心が咎《とがめ》めても、自分で小細工した方がまだいい。

「白井、ちょお、ちょお」

シャワーを軽くくぐったばかりの九條が、フェンス越しに水着一枚の姿で手招きする。

白井は熱で重い頭を揺らして九條の側に寄った。身体はだるいが、九條が話しかけてくれるのは無条件に嬉しい。

「…何？」

白井は無意識のうちに媚びるような笑みを浮かべ、フェンス越しに長身の九條の前に立つ。

夏休みに仲間と和歌山へ泳ぎに行ったという九條は、青白いクラスメイト達の中でも、きれいな小麦色に灼けている。紺のスクール水着一枚の均整のとれた身体つきは、白井にとっては恐ろしいまでに蠱惑的《こわくてき》だった。

軽く水に濡れた肌が、生々しいほどに鮮やかに見える。

「大丈夫か、お前？　なんかフラフラしてるけど」

切れ長の目を眇《すが》めて訪ねる九條に、白井は頷く。

熱のせいか瞼が少し重いが、動けないほどではない。

「しんどいとこ悪いねんけど、教室行って、俺のゴーグル取ってきてくれへん？　鞄の中、入ってるし…。俺、コンタクトやから、ゴーグルないと泳がれへんねん。

ちょっと、さすがに俺一人でこのカッコで教室まで行くのも、格好悪いし…」

「…ええよ。すぐ、戻るし…」

白井はフェンス越しに両手を合わせる友人に頷くと、フェンスをまわりこんでプールの入り口にまでゆき、脱いであった自分のローファーに素足を突っ込んだ。

「ごめんなー、白井」

九條の声が追ってくるのに、白井は笑って手を振った。

振り返った瞬間、また視界がぐらりと揺れて、目の前の青いフィルターめいたものを意識した。

いよいよ本当に熱が上がってきたらしい。

白く灼けたグラウンドの砂を踏みながら、この薄青いフィルターがかかったようなものの見え方は何なのだろう…、と白井はぼんやり考える。

そして、思いだした。

佳子《よしこ》が…、白井の母親が里帰りしていた夏の日、縁側でその佳子のかたわらにあったサイダー瓶の青さだった。

佳子は珍しく着物ではなく、ノースリーブのワンピース姿だった、息を呑むほどに綺麗な自分の母親が、ソーダを注いだグラスにではなく、青いサイダー瓶のほうにじっと目を据え、眺めていたのが気になった。

佳子は白井にはほとんど言葉などかけてくれることがなかったから、それでも母親の恋しい白井は、佳子が触れたサイダー瓶を洗って、しばらくの間、大事に部屋に置いておいた。

そして、時折、庭先で日射しに透かしては、その青く澄んだ世界を楽しんだ。佳子もこうして、ガラス越しの青い世界を楽しんでいたのかもしれないと思うと、それだけでむしょうに嬉しかった。

祖母に見つかって空き瓶を取り上げられるまで、そのきれいな空色の空き瓶は白井の宝物だった。

まだ、ずいぶんと子供の頃の話だけれども…、と白井はぼんやり考えながら、昇降口をくぐる。予鈴が鳴ったせいか、ざわついていた校舎も、次の授業に備えて徐々に静かになりはじめる。

白井は真夏だというのにひんやりとした冷たさを持つ手すりに触れながら、教室までの階段を上がった。

白井らの教室がある棟は、白井ら二クラス分がプールのほうへ出ているため、手前の二教室はしんと静まりかえって、少し離れた奥の三教室から授業前の喧噪が聞こえてくる。

がらんとした廊下に普段はそれと意識することのない、どこか日常とは遠いような、不思議な空間ができていた。

ぼんやりとしばらく廊下に立ちつくしたまま、並んだ教室を眺めると、熱のせいか妙に感覚が鋭敏で、そのくせ目の前の景色や物音はやたらと遠いもののように感じられる。さすがにちょっと辛くなってきて、今、どれぐらい熱があるのだろうかと、白井は額に手を当てた。

触れた額は熱があるのかどうかはわからなかったが、まだ汗ばむ時期なのに、普段より少し肌がパサパサと乾いているような気がした。

一番手前の自分の教室に入り、白井は窓際の九條の席に寄り、机の横にかけてある鞄を開けた。九條が愛用している肩掛けのリュックは、スイス製のよく使い込まれた革製のもので、ほどよく飴色になり、端の方はやや角がすり切れて丸くなってきている。一番上のお姉さんのおみやげだという犬のマスコットが、鼻先が黒くすり切れたまま、ぶら下がっているのも微笑ましい。

白井は無造作に鞄に突っ込まれているゴーグルを取りだし、鞄を閉め、少し笑って鼻先のすり切れた犬に触れると、元通りに鞄を戻した。

そのままゴーグルを手にして戻ろうと思ったが、ふと、机の上に重ねられた九條の服に目が留まった。今日は淡いブルーの半袖コットンシャツだった。このブルーのシャツはさっぱりした顔立ちの九條に、ことによく似合う。

アイロン魔だという九條の母親が毎日きれいに洗濯し、アイロンをあてているせいで、九條のシャツはいつ見てもきっちりとしたアイロンの線がついている。それが実に申し訳程度に無造作にたたまれ、ジーンズの上に重ねて置かれていた。

そのシャツに目を落とした白井は、廊下にちらりと目をやり、誰もいないことを確かめる。

誰もいない…、そう思うと、いてもたってもいられなかった。

もう一度、目の前のシャツに目をやり、廊下へと再び視線を走らせる。誰も見ていないことを確認すると、白井はいつも焦がれてたまらない背中を包むシャツに、そっと手を触れた。

さっき、フェンス越しに眺めた、九條のきれいに灼けた濡れた肌を思い出す。

溜息混じりにシャツを撫でると、いつも授業中、ぼんやりと見とれている背中に触れているような気分になれる。

他の同級生の中でも、あんなにきれいな背中のラインを持つ者は、誰もいない。

抑圧されて歪んだ欲望と、純粋にきれいなものへの憧れとの間でチリチリと揺れながら、シャツに触れる白井は陶然となる。ごくありふれたシャツなのに、九條の肌に触れているだけで、白井にとっては特別なものだった。

誰も見ていないから…、白井は自分で自分の中の後ろめたさに言い訳しながら、ゆっくりとシャツの上に顔を伏せた。

震える指でシャツを握り、そっと頰をすり寄せる。

絶対に許されないことなどわかっているから、受け入れられることなどありえないと知っているから、それでもいつか、こんなふうにあのきれいな背中に触れてみたい…、そう胸の内で呟き、握ったシャツの裾にそっと口づけた。

その瞬間、教卓の真上に取り付けられたスピーカーから、ふいに本鈴のチャイムが鳴り出し、白井は顔を跳ね上げた。

とっさに廊下に目をやり、誰もそこにいないことを確かめる。

しばらくして、ペタリ、ペタリ…、と床をするようなスリッパの音が階段のほうから聞こえた。教材を抱えた、定年間近な日本史の教師が、空いた教室など眼中にないような様子で、廊下を歩いてゆく。

誰も見ていなかった…、もう一度、未練がましく九條のシャツを見下ろすと、白井は頭を一振りして、ゴーグルを手に教室を出た。

階段を下り、昇降口を出ると、強い日射しに再び軽い目眩を覚えた。

体育の教師ももうプールサイドに来ているらしく、プールのほうから、ラジオ体操の号令が聞こえてくる。

白井は灼けたグラウンドを、プールのほうへ向かって足を速めた。

V

五時前…、図書室で参考書を広げる白井は、腕の時計を確かめる。

窓から差し込む日射しは、大きく西へと傾いている。

そろそろ九條は部活を終える頃だろうか…、と算段して、白井は机の上の参考書を片付けはじめる。

帰宅部の白井とは異なり、バスケ部に籍を置く九條は、週に三回、体育館で練習に励む。進学校ゆえのおざなりなスケジュールだが、それでも九條はそれなりに部活を楽しんでいるようだった。十月の県大会で部活も引退だと言っていたが、それまでは目一杯バスケを楽しむつもりらしい。

その部活を終えた九條とうまく顔を合わせられれば、大阪まで一緒に帰ることができる。白井はそれまでの時間を図書館でつぶし、よく偶然を装ってはクラブ帰りの九條を待っていた。どのみち、家に帰っても勉強以外にはする事がないため、あの祖母と長い間、顔をつきあわせているよりは、学校で時間をつぶしていた方が精神的にも楽だった。

九條の帰りに間に合うようにと、性急にペンケースを鞄の中に押し込み、白井は図書室を後にして昇降口に向かった。

校舎は黄昏色《たそがれいろ》に染まっている。開け放った窓から吹き込む風には、もう秋の気配がある。山の上にあるこの校舎の中では、夕方などは半袖では少し寒いぐらいだった。

白井はその風に髪を揺らしながら、渡り廊下の向こうの体育館からバスケ部のコーチが出てくるのを見た。

間に合ったようだと、白井はもう一度、腕の時計に目を落とす。

まもなく、九條もバスケ部の仲間と一緒に出てくるだろう。

グラウンドからサッカー部の顧問が何か叫んでいるのが聞こえてくる。昇降口の靴箱にもたれ、白井はぼんやりとそれを聞いていた。

十分ぐらい、そこで待っていただろうか。体育館のほうから、急に賑やかな声が聞こえはじめる。白井はその中に、九條と仲のよい、バスケ部の副部長の特徴のあるダミ声が混じっているのを聞いた。

多分、九條もあの中にいる…、と白井は身を起こし、私服に着替えたバスケ部のメンツが、昇降口のほうへとやってくるのを認めて、少し図書室のほうへ戻りかける。

さすがに、いかにもここで九條を待っていたと思われるのは危険だと承知している。

体育会系のクラブ員らしく、その話し声は校舎の壁に反響するほどに大きい。誰はばかることもなく喋《しゃべ》っているため、そのたわいもない話題は白井の耳にも十分聞こえた。

「…だから、白井がなー…」

わいわいと賑わう声の中に自分の名を聞いたような気がして、白井は振り向いた。

「隣のクラスのヤツが見たって言ってたんやって…」

「知ってる、知ってる。だって、あいつ、いっつも…」

白井はとっさに、柱の陰に身を隠した。

何となく、自分にとってはありがたい話ではないということは、本能的にわかった。おそらく、その場にのこのこ顔を出すと気まずいだろうという雰囲気も…。

「そうかぁ？　俺は別にそんなふうに思ったことないで」

少し特徴があるのは、九條の声だった。

白井は靴箱のほうから死角になる柱の陰に身をひそめたまま、話の成りゆきに聞き耳を立てる。

自分のことについて、何を彼らが話題にするのだろう、という疑問と共に、常に感じている後ろめたさが頭をよぎる。

まさか、知られるわけがない…、と思うと同時に、いつか誰かに知られるかもしれない…、というういつも感じていた不安に、急に動悸が速まってくる。

「そんなん見てたらわかるって。いつもあいつ、お前のこと、目で追っかけまわしてるもん。授業中とか、休み時間とか。

端から見てても、ちょっと気色悪いぐらい。なぁ？」

そうそう…、という同意の声が一斉に起こる。

白井は提げていた鞄を取り落とすのではないかと思った。こめかみが急に激しく脈打ち、全身から血が引いていくのがわかる。

「おまえ、本気で気付いてないの？　ほんま、普通、男はちょっと、ああいう目つきで男は見ぃへんよな。すんごい熱い、熱烈な眼差し…」

ゲラゲラと弾けたように笑いが起こるのを、白井は震えながら聞いていた。

「絶対、あいつってホモやって！　九條、男に好かれんのってどうよ？」

また、爆笑が起こる。

白井はカタカタと震える指先を、懸命に握りこんで押さえようとする。これ以上、聞くまいと思ったが、脚は凍りついたようにその場から動かなかった。

「それはさすがに気色悪いなー」

白井は息が止まるかと思った。九條の声だった。

「なんや、白井ってホモなんかぁ。…やっぱりそれって俺らが女見るような目で、俺ら見てるわけ？」

ガチガチと歯の根が震え出すのを、白井は止められなかった。

君は違う…、君だけは特別…、という悲鳴を、行き場のない切ない恋心が、胸の奥で切れ切れに上げる。誰でもよかったわけではない。九條だけが特別だった。誰よりも輝いているように見えた、それだけだった。

「そりゃ、そうやって。めくるめく愛と官能の世界。もう、男子校なんて、あいつにとったらパラダイスやで！」

「お前なんて、毎晩、あいつの頭の中で、ふんどし一枚で縛り上げられてるって」

「赤のエッチューかよ。それで、兄貴ィーって感じ？」

また、ゲラゲラと無責任な悪意だけの笑いが起こる。

白井は震えながら、ぼんやりと配管が剝き出しになった校舎の天井を仰いでいた。

泣くかと思ったが、不思議と涙はひとつも出てこなかった。

「せっかくやねんし、九條、相手したったら？　あいつ、ちょっと見は女の子みたいなきれいな顔してるやん。肌もつるつるやし、喋り方なんかおっとりしてるし」

「なんで、俺がホモの相手せなあかんねん」

賑やかな揶揄《やゆ》に、九條が笑いで答えるのが聞こえる。

白井は薄い肩を喘がせ、小さく小刻みに浅い呼吸を繰り返す。涙は出ないが、短く呼吸をしていないと、今にも自分が叫び出しそうだった。

白井の中の一番綺麗だった憧れも、そんなことなど気にもとめない連中に、土足で根こそぎ粉々に踏み砕かれてゆくようだった。

「お前が中途半端に優しくするから、惚れられるねんって」

再び、大仰なほどの笑いが起こり、ガタガタとすのこの上で靴を履き替える音、昇降口のマットを踏む音などが重なって起こる。

「俺かて、知ってたら、最初から話しかけへんわ…」

遠ざかる九條の声に、最後の破片すら、無造作に踏み砕かれたような気がした。

長い間、白井はその柱の陰に立ちつくしていた。

サッカー部の練習を締めくくる挨拶が、赤く染まった校舎の壁に反射していた。

待ち伏せなんて、しようと思わなければよかった…。

白井は唇を震わせた。

『オカマ』と白くチョークで机の上に書かれた文字を、登校してきた白井は黙って見下ろす。

賑わう朝の教室の全員が、白井の反応を窺っているようにも思え、白井は無言で鞄を机の脇にかけ、廊下の傘立てに引っかけられた雑巾を取りに出た。

あれ以来、どこをどういうふうに広まったのか、白井がホモらしい…、という噂は一週間もすれば、クラス中が知るようになっていた。

もちろん、あれ以来、九條が声をかけてくれることもない。

だから、白井は九條を目で追うことをやめた。ずっとうつむいて過ごしていれば、目が勝手に九條の姿を追うこともない。

多分、終わりはこんなものなのだ…、とバタバタと誰かが慌ただしく走ってゆく廊下に立ち、雑巾を片手に白井は思った。

窓の外には、六甲の山並みが今日も青い姿を見せている。

もう、誰かを好きになどならない…、汚れた雑巾を握りしめ、白井は窓際に立った。

こんな辛い思いをするぐらいなら、もう二度と誰かを好きになったりなどしない…、白井は溜息をつき、ぼんやりと窓の外を眺める。

しばらく教室に入る気にもなれなくて、白井はそのまま窓の外を眺める振りで、そのまま宙に視線をさまよわせていた。

失恋だけなら耐えられる。九條に彼女が出来たというのなら、泣いて、それだけで終わらせられた。でも、やはり邪《よこしま》な想いには、それ相応のつけがくるものらしい。待っていたのは、クラスメイト達からの冷笑と揶揄だった。

こんな惨めな思いをするぐらいなら、もう一生、恋などしない…、白井は低く溜息をついた。

次もこんな結果が待つと知れば、もう恐ろしくて、誰かを好きになることなどとても出来ない。

自分にはもう一生、恋などできないに違いない。あれはただ、映画や小説、お伽話の中だけの夢物語なのだと、白井はうつむく。

寂しい…。

「…寂しいなぁ…」

口の中で小さく呟くと、ふいに瞳の奥が熱くなった。

「寂しいなぁ…」

濡れた目許をごしごしとシャツの袖でこすりながら、白井は曖昧な笑いを口の端に浮かべたまま、賑やかな教室の喧噪が響く廊下に立ちつくしていた。

VI

「和臣さん…」

掃除機をかける手を止め、リビングのカーテンを外しにかかっている古谷に声をかけると、長身の男は振り返り、白井が手にしたアルバムに目を留めた。

「何？　いつのアルバム？」

厚みや大きさから、白井が提げているのが卒業アルバムであることに気づいたらしい。

「高校の時の…」

答える白井に、古谷は外したカーテンをソファの上に置き、かたわらへとやってくる。

「見せて」

アルバムを受け取り、ぱらぱらとめくりながら、古谷は白井のクラスで手を止めた。

「見つけた」

クラス数はそう多くはなかったが、他のクラスメイトの陰に隠れるようにして写っている、地味な印象の白井を素早く見つけだし、古谷は長い指の先で差して微笑んだ。

今よりもはるかに幼く、硬い表情の白井がそこにはいる。人の顔色を窺うばかりで、痛々しいほどに張りつめた顔のまま、カメラの方を怯えるように見ている。

「すごい、ようわかるなぁ…」

「そりゃ、わかるよ。独特の雰囲気は変わってないもの」

「そうですか…？」

おっとりと笑いかけた白井の横顔を眺め、古谷はくしゃりと白井の髪をかき混ぜた。

「君が好きだったっていう相手も当ててみせようか？」

どこまで自分の表情を読んでいたのだろうと驚き、白井は古谷の顔を覗き見た。

「…わかりますか？」

「同じクラスならね…」

そうだね…、と古谷はしばらくアルバムを見下ろし、やがて九條を指差した。

「この子じゃない？」

白井は古谷の肩口に頬をすり寄せ、あたり…、と呟いた。

「どうして、先生には何でもわかっちゃうのかなぁ」

珍しく甘やかすように何度か白井の髪を撫で、古谷は小さく含み笑った。

「だって、これ以外はイモやカボチャじゃないか。…九條君だっけ？　この子以外だっていうのなら、まったく君のセンスを疑うよ」

古谷は冷ややかな言葉で、巧みに白井が同性を好きだったという事実を軽口にしてしまう。

以前は気づかなかっただろう、そんな古谷なりの優しさに、白井はずいぶん救われる。

もう大丈夫、一人じゃない…と。

…でも、と古谷は言葉を続けた。

「でも、これなら、よっぽど私のほうがランクは上だな」

白井は小さく吹き出した。

「何です、それ」

「帰ったら、私の高校の時のアルバムを見せてやるよ。きっと、惚れ直すよ。昔から、あまりにいい男なもんだから」

「『古谷 詣《もうで》』とか言われてたからって、自惚《うぬぼ》れ過ぎじゃないですか？　呆れてものも言えない」

古谷の軽口に、白井は声を立てて笑う。

もう二度と恋などできないと思っていた、あの頃の自分に教えてやりたい。こんなホッとするような幸せが待っているのだと、そっと教えにいってやりたい。目を伏せ、うつむくことしか知らなかった背中を、そっと押してやりたい…。

そして、ふと、九條も今は幸せなのだろうかと、そう思った。

幸せであって欲しい…、そうも思った。

あの時、想いを踏み砕かれたと思ったが、きっと、あの頃の自分たちには、ああして尖った笑いに紛らわせてしまう以外には、多分、同性からの想いを躱《かわ》す方法などわからなかった。

まるで、微熱に浮かされたように、傲慢なほどの青さと硬さとで、これから先もずっと同じ毎日が続くものと信じ切っていた。

白井自身が古谷に出会い、抗《あらが》いながらも魅かれていったように、今は九條も、誰かに恋して、誰かを傷つけ、そして、誰かに傷つけられて、自分の一生の伴侶となるべき相手を見つけていて欲しい…、そんな思いが、ふと胸をよぎった。

そんな白井の表情を見ていた古谷は、ふと真顔になった。

「本当にいいの？　ここは残しておいてもいいんだよ。誰かに貸しておいてもいい。何も…手放さなくても、いいんじゃないの？」

白井は頷いた。

「いいんです。僕にはもう、家はひとつしかないんだから…」

白井はこのマンションを手放すつもりだった。

古谷と暮らす間も、まるでここが最後の砦《とりで》であるかのように残しておいたが、もう、今の白井には必要ない。白井にとっては、もうここはただの空き部屋でしかなかった。

住むべき家は他にあり、共に歩むべき人はすぐかたわらにいる。

古谷はゆっくりと目を細めた。

腕が伸び、白井はそのまま肩口に頭を埋めるように抱き寄せられる。

「…一生、大事にするよ」

低いささやきが耳許をかすめ、白井は驚いて顔を上げた。

古谷が照れたように笑っていた。

白井は頷き、ゆっくりと笑みを返す。

「…はい」

自分より大きな手に指を絡め、白井はその手に頬を寄せて頷いた。

END

白梅

明佳　二十四歳の日に

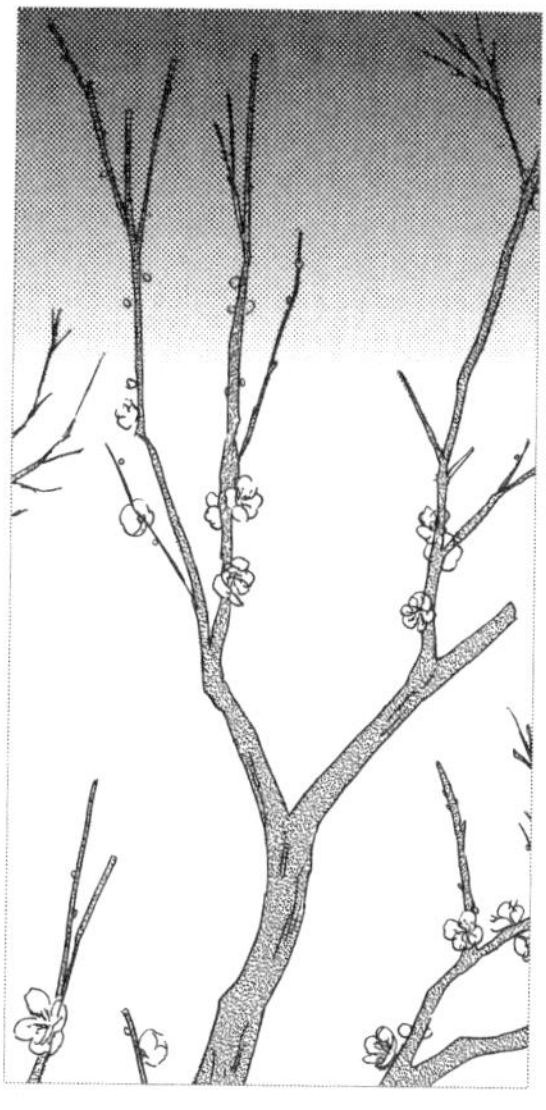

I

僧侶の読経の声を聞きながら、黒の喪服に身を包んだ白井《しらい》は、縁側の向こうの色鮮やかな紅葉《もみじ》をぼんやりと眺めていた。

見事なまでの秋晴れのためか、黒く磨き抜かれた廊下は鈍く光り、ガラスの引き戸は中庭に向かって開け放たれている。よく枝を張った紅葉は、ちょうどその中庭の中央にあり、白井達のいる広めの居間の方へとむかって、その赤くきれいに色づいた枝を差し伸べていた。

この庭の四季折々の美しさは祖母の自慢だったが、とりわけ、形のいい艶《つや》やかな紅葉を祖母は好んでいたようだった。

白井はしばらくじっとその庭の様子を眺めていたあと、穏やかな秋の風景から部屋の中へと視線を戻した。

部屋には、焼香の白く薄い煙が立ちこめている。

部屋の中央には白の壇が置かれ、黒の額に納められた祖母の遺影のまわりには、白い菊が一面に飾られている。

よく馴染んだ部屋なのに、こうして白と黒とにはっきり色分けされてしまうと、まったく知らない別の部屋のように見えると、僧侶の後ろに置かれた焼香台で、順々に弔問客が焼香を終えて手を合わせるのを眺めながら、白井は思った。

不思議なもので、最近では祖母と一番長く暮らしていた白井の焼香順は、慣例と世間体にうるさい親族間で小一時間近く揉めたあと、祖母の長男、次男、長女、次女とそれらの家族ときて、三女たる白井の母の佳子《よしこ》、白井の父の泰継《やすつぐ》、兄の泰宏《やすひろ》、泰之《やすゆき》、そして白井とされた。

誰を一番に持ってきて、どういう順番で焼香をあげるかで揉めるのは、いかにも決まり事と体裁にうるさいこの京都の土地柄らしいが、白井などを一番に持ってきては、どうして白井が親元を離れて祖母などと同居していたかを、事情を知らない人間にまで詮索されそうで世間体が悪いというのが、あえて口には出されなかったが、親族間の一致した意向のようだった。

祖母ももう八十を越えていたし、こんな日が遠くないことは薄々わかっていた。

それでも、葬儀の日というのは、どうしてこんなに慌ただしく、現実味がないのだろうと、少し背を丸めた白井はその部屋の様子を眺めながら考えていた。

普段から人目を避けるように猫背気味で、常に祖母から姿勢が悪い、行儀が悪いと叱咤され続けたが、ついにその姿勢の悪さは、祖母の死後も直ることがなかった。おどおどした態度も、祖母の嫌った京訛も、とうとう最後まで直らなかった。

読経の途中から手にしていた経本のどこを読み上げられているのかわからなくなって、庭に目を向け、様々なことへと考えをめぐらせていた白井は、ふと自分に向けられている視線に気づいた。

紫錦紗の座布団に座っていた白井の方を、従兄弟《いとこ》か誰かの子供なのか、小学校三、四年程度の男の子が、母親の陰からちらちらちらと見ている。

あれぐらいの年の子供に、こんな長い葬儀は退屈だろうな…、と子供と目のあった白井が薄く笑ってみせると、大叔母に恐ろしい目で睨まれた。

「こんな場所でも笑ってるやなんて、ほんまに恩のわからん、常識のない子や」

大叔母が、聞こえよがしに横の娘に耳打ちするのに、白井の心臓がきゅっと音を立てて萎縮する。

顔をうつむけ、さらに姿勢悪く背を丸める白井にも、大叔母の言葉が聞こえたはずの横の二人の兄達はまったく知らん顔を見せている。

ほんのちらりとだけ、兄の向こう側に座る喪服の母、佳子がこちらを見たが、すぐに何事もなかったかのように、それどころか大叔母の言葉すら聞こえなかったかのように、その白く整った顔を前へと向けてしまった。

そんな佳子の様子には、大叔母のほうが気まずく思ったのか、何となくすっと視線を逸《そ》らして口をつぐむ。

自分の息子が悪く言われても、気にも留めていないような佳子のそんな反応も、昔からのことだった。

成人した息子を三人も持つというのに、いまだに京人形のように気品のある、佳子の整った顔立ちには、黒の喪服がよく似合った。今日も黒々とした濡れ羽色の髪を、後ろで一つにまとめ、手の込んだ細工の鼈甲《べっこう》の櫛一つできれいに留めつけている。

佳子さん、あいかわらず怖いぐらいに綺麗な人やねぇ…、年とっても、全然、老けて見えへんやないの…と、さっきも親戚がささやきあっているのを聞いたが、確かにすっと背筋を伸ばして、一分の隙もなく喪服を着こなした姿は、そこだけ空気が澄んでいるようにも見える。

年齢などをはるかに踏み越えて、ただそこにいるだけでありがたいような厳《おごそ》かに美しいその気配は、まるで身の内から透き通った白い光が零《こぼ》れ出ているようでもあった。

なのに、水晶の数珠を手に、実の母の死を悲しむようでもなく、かといって喜んでいるようでもなしに、母は無感動な様子で座っている。その冴え冴えと澄んだ、容易には言葉もかけられぬような近寄りがたい気配が、またそら恐ろしいほどに美しかった。

あの子は我が子ながら、夜叉のように恐ろしい綺麗な子や…、昔はただちょっと器量のいい世間知らずな末っ子や、おっとりとした箱入り娘やとばっかり思ってたけど、明佳《あきよし》見ても顔色ひとつも変えへんとこなんか見ると、今はもうなんや腹の立つのも超えて、阿修羅や女夜叉《にょやしゃ》いうんはこういう娘のことやろうかと怖いような気になって…と、子供の頃、祖母が大叔母にこっそりとこぼしていたのを思い出した。

最後の焼香客が出てゆき、その場に親族だけになって、伯父が僧侶に供養の礼を述べる中、あの人の顔はありとあらゆる感情を、すべて白く白く塗り込めてしまったようだと、白井は母親のほっそりとした姿を見ながら考えていた。

この人にも誰か人を恋い、身悶えするほどの思い煩《わずら》いに悩み、声を上げ、髪を振り乱して泣くことがあったのだろうか…、そこまで考えかけた時、なぜか見たこともない佳子の泣き崩れる様子が目の前に見えたような気がして、白井はいけないものを見てしまったかのように母から目を逸らした。

自分の母親の葬儀ですら涙を浮かべないこの母が、誰かのために涙をこぼすことなど考えられないのに、なぜか黒髪を乱し、失った恋のために暗い部屋で声もなくすすり泣く母の姿が見えたような気がしたのは、女夜叉という祖母の言葉に触発されたのか、顔も知らない実の父親のために泣いてほしいと願う白井の頭の中で、こうあってほしいと勝手に作り上げられた幻影なのか。

白井の実の父親と出会い、白井を産むまでに佳子の中でどんな変化があったのか、実の母親にさえ夜叉のようだと言われるほどにまで佳子を変えたというのは、どんな恋だったのか…、もしかして祖母は知っていたのだろうかと、実際には面と向かって祖母に尋ねる勇気も持たなかった白井は思った。実の父親につながるわずかな手がかりを、またひとつ、白井は目の前から失ったのかもしれない。

出棺に臨んで、柩《ひつぎ》の蓋が閉じられる前に、次々と親族が柩の中に花を収めてゆく。

白井は少し列を離れ、庭の紅葉の中でもひときわ色鮮やかな枝を折り、この庭と紅葉とを愛した祖母のために、そっとその枝を柩の中に忍ばせた。

しかし、目敏《めざと》くそれを見咎《みとが》めた親戚の一人が、厳しい声を投げてくる。

「ちょっと明佳ちゃん、何でそんなもの入れるの」

白井はその声の厳しさに、一瞬、亀のように首を縮こめた。

いちいち咎めだてされるとは思っていなかったが、何をやってみても、彼らにとっては、白井は歓迎すべからざる、親族内の汚点のような存在らしい。

「…おばあさん…、この紅葉、好きやったから…」

白井は相手の目を見ないように、口の中でぼそぼそと言い訳すると、逃げるように部屋の隅のほうへと下がる。

「何やねやろ、悪いことしたわけでもないのに、いつまでたってもこそこそと…、はっきりものを言えへん子やね。

男やいうのに陰気くさい…」

別の親戚が、そっと隣に耳打ちするのが、聞こえてきた。

祖母は白井に容赦なかったが、さすがにその祖母の前で、表立って白井をけなす者はいなかった。

しかし、その祖母がいなくなってみると、白井に向けられる言葉は露骨なものになった。

祖母に可愛がってもらった記憶はほとんどないが、それでも、自分はこの小柄だった祖母の背にずいぶん守られていたのだと、白井は部屋の隅でうつむいていた。

「柩をお閉めいたします。これで、最後のお別れでございます」

最後に一目、顔を見たいものはいないかと、葬儀会社の人間が周囲に声をかける。

これが最後…、と思ったが、白井はとうとう最後まで足を踏み出せなかった。

一番上の兄が、白井のほうを忌々しげに睨みつけているのが見えた。

白井が座敷に残っていた飲み残しの湯飲み茶碗を集めて台所に持ってゆくと、手伝いに入った親戚同士がかしましく話しているのが聞こえた。

「それじゃ、あの眼鏡かけた細い男の子が、例の明佳さんですか？」

喪服にエプロン姿で流しに立ちながら、三十前後の女が尋ねている。

従兄弟か誰かの妻らしく、親族ならみんなが知っている白井の生い立ちや境遇について、あまり詳しくを知らないらしい。

「そう、明佳ちゃん。佳子さんによう似て、顔だけは女の子みたいに綺麗やけどね」

答える中年女の刺《とげ》のある声に、白井は茶碗の載ったお盆を手にしたまま、足を止めた。

「今年、いくつになるんやった？　確か、春に研修医になったて言ってたから、二十四か五やよねぇ。ほんまにいくつになっても、辛気くさい子やわ」

「やっぱり男の子やったら、多少、見場がまずうても、おおらかで明るい子の方がええわねぇ」

「そりゃそうやわ、男で顔がようたかて、役者さんやあらへんねんし、何の得にもならへんもの。しかも、あの子の場合は、男前とかいうんやのうて、つるんとした女顔やからねぇ」

茶碗を戸棚にしまいながら、手伝いに入った女達は平気で口々に白井の女顔を値踏みする。

「いや、横のお父さんに全然似てらっしゃらないなぁと、さっきからずっと思ってたんですよ」

「そりゃ、あの子は、泰継さんの血は全然引いてないもの。似るわけないやないの」

遠慮斟酌《しんしやく》のない言葉が容赦なく吐かれるのに、白井はお盆をそっと台所に近い廊下の入り口に置き、壇がきれいに引き上げられ、片づけられた座敷へと逃げるように戻った。

「おばあさんも、しっかりした人やったけど、まだまだ元気でいるつもりやったんか、遺産配分については、何も書き残してはらへんから」

ぽつりと広い座敷に座っていると、奥の座敷からは、一番上の伯父の声が聞こえてくる。

秋の陽気のために、また、多くの人間が出入りするために、襖《ふすま》のほとんどを開け放ってあるせいか、奥座敷の声は白井のところでもよく聞こえた。

遺族の中でも、もっとも祖母に近しかった兄弟や子供達が、どうやら喪服のままでよりあって、遺産の配分について、話を整理しているらしかった。

「おじいさんの残さはった株券がけっこうになるのと、それと定期の口座がいくつか…、豊中の方に不動産もなんぼかあるやろう」

「ここの家はどうします？　誰か住まへんかったら、家いうのは荒れてしまうから…、荒れた家は不動産価値もどんどん下がるし、誰か住んで残しますか？」

「ほな、明佳君はどうするんや。今、こっから大阪まで通ってるんやろうが」

「せやかて、明佳ちゃんには御影《みかげ》に立派な実家もあるんやし、わざわざこんな東山から、遠いのに時間かけて通わんでも…」

「明佳ちゃん、何か欲しいて言うてませんでしたか？」

「せやねぇ…、最後に一緒に暮らしてたんは明佳ちゃんやねんし…、佳子、何や聞いてへんの？」

伯母の声に、特に気分を害したようでもなく、冷淡なほどに涼やかな佳子の声が答えた。

「何も…。あの子のことは、わざわざ気にかけていただかなくても、けっこうです。お話、すすめてください」

誰かの気まずそうな咳払いが響く。

白井はがらんとした座敷に一人、背を丸めて座っていた。

親族中が知っていることだが、白井は父泰継の実子ではない。血液型を見ても、それは明白だった。母の佳子が誰かと通じてできた子供らしかったが、思わぬ子であったのか、それとも誕生後に後悔したのか、佳子はとことんまで白井に冷たかった。

しかし、白井が泰継の子供でないことは出生前から父自身にもわかっていたことらしく、上の兄二人は父親の名前から一字をもらっているが、白井は父親から名前をもらわなかった。

明佳という命名のいきさつや、誕生時の詳しい経緯などは、白井はよく知らない。誰も詳しいことを教えてくれなかったし、白井も尋ねなかった。

ただ、誕生時から母親の佳子にいないも同然に振る舞われ、母乳ももらえずに衰弱していたというのは、誰かに聞かされたことがある。それを祖母が見かねて、この京都の東山の家に引き取ってきたとのことだった。

ゆえに、泰継や佳子、上の二人の兄が住むのは神戸の灘区にある御影だが、白井はずっとこの南禅寺の家から中高は神戸の私立に通い、大学は京都の医学部へと進み、そして、今は大阪の救命救急病院に研修医として通っている。

毎日が息つく暇もないぐらいに忙しく、帰りの電車の中でつい寝過ごしてしまい、滋賀まで行ってしまったことも数え切れないほどにある。三十六時間ほど、連続して勤務していることも往々にしてあり、時折、記憶がすとんと何時間ぶんか抜け落ちていることも、珍しくはなかった。あまりに過酷な労働条件のために、身体を壊したり、他の病院へ移ったりする医者も少なくなく、常時、人の足りない状態にある。

連日のように運び込まれてくる重症患者や、死亡した患者の横で泣き崩れる家族を見ても、たまに何も感じなくなっていることがあり、自分の中の人間らしい部分が摩滅していっているようにも思えた。

白井もできることなら他の病院に移りたいが、まだ半人前の研修医であるせいもあって、口利き、顔利きのないことには、おいそれと他の病院にも移れない。

今日はようやく休みをもらえたが、また、明日からは独楽《こま》のようにきりきりと働きづめの毎日かと思うと、知らぬうちに白井の口から溜息が漏れていた。

白井が背を丸めたまま、ぼんやりと座敷に座っていると、奥からどやどやと話を終えたらしい親族が出てきた。

帰りのハイヤーを三台ほど呼んでくれ…、などと伯父達が言うのに応じて、伯母が電話をかける声や、従兄弟達の暇乞いの声などで、たちまち座敷は賑《にぎ》わう。

「おい、明佳」

この賑わいの中、どこへ身をひそめようかと白井が算段していると、ふいに上から、二番目の兄の泰之に声をかけられた。

「ちょっと、親父が話あるそうやから、来い」

泰之はこんな役目をいいつかったこと自体が不服そうな顔で、喪服のポケットに両手を突っ込んだまま顎をしゃくり、先に歩いてどんどんと離れに近い奥の部屋へと向かう。

兄に連れられて入った部屋では、神戸市内で病院を経営する、この年にしてはかなり体格の立派な父の泰継が、長兄の泰宏と並んで庭に面した籐の椅子に腰掛けていた。

不服そうな顔で白井をここまで呼んできた泰之は、さっさとその隣に並んだ、三つ目の椅子に腰を下ろしてしまう。

座る場所もなく、立ったまま卑屈な目で父親を見る白井に、泰継は切り出した。

「明佳、こちらの家はまだしばらくは処分方法が決まらないから、御影の家に移りなさい」

「…はい…、あの…」

突然の父親の同居の命令に、事態が呑み込めず、白井はもじもじと指を組み合わせる。

これまで、御影に来いと言われたこともなかったのに、いきなり向こうへ移れといわれる理由がわからなかった。

「おばあさんの亡くなったあとに、いつまでもこの家にお前が一人で残ってたら、この家目当てに居座ってると思われるだろう。

そんな痛くもない腹を探られるのも面倒だから、早く向こうに移りなさい」

佳子の不義を知ったあとも、いまだに十近くも年下の妻を盲愛し、色々と高価な着物や髪飾りを買い与えている泰継は、おそらく、家族の中でも一番、白井の存在を持てあましている。

男ながらに、溺愛する佳子によく似た白井の容貌を目の前にしていると、かける言葉を失うのか、母のように完全に白井の存在を抹殺するわけでもなく、兄達のように露骨に悪意を向けてくるわけでもなく、いつもどこかしら扱いにくそうな顔を見せる。

確かに親族間でも白井の意思を問われていたことを考えると、父の言葉にも一理あるのだと思いながら、白井はそんな泰継にかすかな同情を寄せていた。

「そんなんな、親父、明佳《コイツ》もいい年やねんから、別に一人でも部屋借りて暮らせるって。何も、御影に部屋用意せんだかて…」

長兄の泰宏がコイツ…、と憎々しげに白井の方を顎で指し、喪服の胸ポケットから取りだした煙草に火をつける。

「いいから、移りなさい。いいな」

父は長兄を強く睨んで黙らせ、有無を言わせぬ口調で白井に命じた。

泰宏が小さく口の中で舌打ちし、次兄の泰之は兄同様に煙草をふかしながら、そっぽを向いている。

白井の生後、生まれてきた白井に無関心であったのと同様に、佳子は上の二人の兄にもほとんど関心を示さなくなったという。

そのため、上の兄二人は、ひどく白井の存在を憎んでいた。互いに、今さら白井のような異分子が、家の中に入り込んでくるのは煩わしいと思っているに違いなかった。

「……はい」

用は済んだという顔で、あとは手許の新聞を取り上げ読み始める父親と、むっつりと黙り込んで煙草をふかす二人の兄の前に居づらくて、白井は小さく口の中で返事をしたあと、その場から逃げ出した。

II

二月も末の凍るような寒さの中、小雪がちらつく中を、夜勤明けでふらふらした頭で白井が御影の家に帰ってくると、戸の開く音を聞きつけたのか、珍しく玄関先に母親が顔を出した。

裾に小梅をあしらった贅沢《ぜいたく》な銀色の小紋が、白い肌によく似合う。

我が母ながら、やはり浮世離れして美しい人だと、一瞬、白井は靴を脱ぎかけていたのも忘れて見とれた。中肉中背で、さして目立つ体格でもないのに、動作の一挙一動が目の奥に焼きつく。意図しないのに、視線をさらわれる。

佳子の動きには、そんな神がかったような美しさすらあった。

「お父さんがお話があるそうです。応接においでなさい」

何の温もりも感じさせない、ひんやりとしたような声でそれだけ言うと、今日も一分の隙もなく着物を着こなした母親は、白井の返事も待たずにすっと奥へと引っ込んだ。

救急治療室でトラックに巻き込まれた患者の大量の肉片を見て、どこかが麻痺しかけていた頭

が、その美しい母親の一声で洗われたように明瞭になる。声には感情のほとんどを削ぎ落としたように抑揚がなく、冷ややかな印象すらあるのに、その奥に隠された意図を嗅ぎとろうとしてしまうのは、どうしてなのか。

香りのものをいっさいつけない母親であるのに、何か人を幻惑させる残り香でもあるようだと、白井はそのほっそりとした背中を見送りながら、思った。

コートと鞄を玄関先に置いたままで、応接室に行くと、父と二人の兄とがいた。

応接といってもさほど広さはないが、昔風の和洋折衷の部屋で、廊下と同じ黒い板張りの間に、赤のペルシャ絨毯が敷かれている。洋風の黒檀のテーブルセットに、黒の中国風の塗りの屏風《びょうぶ》を配し、狭いながらも不思議な落ち着きのある空間だった。

この家に移ってきてからも、白井はほとんど足を踏み入れたことがないが、どこかあの京都の祖母の家を思い起こさせて、懐かしい。

こんなに改まって何なのだろうと訝《いぶか》りながら、白井は父親に促され、黒檀の応接セットに腰掛ける。

「急な話だが、この間の東山のおばあさんの件もあって、私も少し遺産について、今のうちに整理しておこうと思ってな…」

兄二人を両脇に座らせた父の泰継は、いつものようにちらりと白井を眺めただけで、あとはそれきり、白井を見ようともせずに話を切り出した。

遺産…、と白井はうつむく。

東山の祖母の家から、この御影の実家に移って二ヶ月と少し。これから先のことなど、何も定まらないのに、急に遺産の話などをされても、白井にはよくわからない。

もともと、昔から白井の住む場所だけでなく、進路や勤め先などにおいても、白井の意志で決めたことなど、何もない。

上の兄二人がそこへ通ったからという理由で、遠い神戸の私立の男子校へと通わされ、白井の家は代々、医者の家系だから…という祖母の言うとおりに、K大の医学部へ行った。さらに教授の言うがままに、K大の付属病院から大阪の系列の救急病院へと移り、父の言うままに、東山の祖母の家からこの御影へと移ってきた。

すべては白井の意志とは遠いところで決められ、誰も白井の思いなど考慮に入れなかった。

そして、白井はあえてそれらの指示に歯向かって、さらに今よりもつまはじきにされること怖さに、一度もそれらの決定に逆らったことがなかった。

今日も、意志というほどの強い意志も持たず、白井はあいかわらずほっそりとした首を折り、かすかに口を開いたまま、父の話を聞く。

父の話は、今、上の兄夫婦のために買ってある高級マンションを白井に与えて、父は兄夫婦と同居するというものだった。

その他の父の遺産についてはは大仰に分けるほどのものはないので、今経営している病院とこの家とは、いずれそれを継ぎ、両親の面倒を見る長兄の名義に、そして、勤務医として別の病院で働いている次兄には、病院やマンション、この御影の家が手に入らないかわりに、金銭的に少し多めの額を渡すという。

父の資産がどれほどのものかすら知らされていない白井は、ただ、言われるがままに頷《うなず》く。

「…だから、あとで内輪で揉めることのないように、お前には今のうちに遺産相続権を放棄して欲しいのや」

黙って父の言葉を聞いていた白井は、そこで初めて顔を上げた。

白井への嫌悪感を隠そうともしない長兄は、父の横で苦虫を嚙みつぶしたような顔で腕組みしているし、次兄は面白くなさそうな顔でむっつりと黙り込んでいる。

「…あの…、相続権放棄って…」

白井は突然の生々しい単語に驚き、その言葉の意味を完全に理解できないながらも、説明を求めて、父や兄の顔をためらいがちに眺める。

「相続権放棄は、相続権放棄や。ある程度のものをもらったから、私はこれ以上、欲しいて言いません、ていう意味や」

苛立《いらだ》ったような長兄の声に、白井はすくみ上がる。

別に父の遺産などをあてにしているわけではないのに、まるでその下心があるかのように、父や兄二人が考えているのかと思うと、悲しく、情けなかった。

「他に、何か希望があったら、こっちも考えるが…」

驚きと衝撃とで答えるべき言葉もなく、黙り込んだ白井が不服に思っていると考えたのか、父が言葉を継ぐ。

そういったあたり、父は病院経営で比較的羽振りがいいためか、考え方自体が鷹揚《おうよう》だった。

「お父さん、こいつのいう不服にまでわざわざ構ってたら、キリあらへん」

「あそこのマンション、買ったときには、バブルの絶頂期で三億ほどしてんねんで。今はバブルも終わったいうたかて、売ったら一億ほどはする物件やろ」

父の言葉に、いっせいに二人の兄が反発する。兄二人は、白井にマンションを丸のまま与えることですら、すでに不服に思っているらしかった。

「お前たちは、ちょっと黙ってなさい。

明佳、何か他にいるなら、今のうちに言っておきなさい。

もっと、金額にしていくらかまとまった額が欲しいというなら考えるし、どこか他の病院に移りたいというなら、ある程度までは口をきく」

父の言葉にうつむいていた白井は、少し顔を上げた。

「…あの…、病院移りたいていう話…」

「ああ…、どこか行きたいところがあるのか？」

まとまった金額が欲しいと言われなかったことにどこかほっとしたような顔で、泰継は頷いた。

「あの…、今の病院、救急なのできつくて…、できたら他のところが…」

「アホか、お前は！」

言いかける白井の言葉を、気の強い長兄によって、きつく遮《さえぎ》られる。

「誰かて、研修医時代は寝る暇ものうて苦労しとんのや。お前だけと違うわ！」

上の兄に比べれば、比較的、ことを穏便にすませようとする次兄も腹を立てたのか、鼻息も荒く白井を罵倒する。

「子供やあるまいし、しんどいから他のところへ行きたいなんて、甘えたこと言ってんのと違うぞ！」

二人は昔から、白井の存在を強く憎んでいた。

今も、父の前であるだけにあからさまに口にはしないが、父親の血を引かない弟が遺産の一部をかすめ取っていくということに、激しく腹を立てているに違いなかった。

本来、こんな憎しみは、白井などよりも母親の佳子に向けられるべきものであるが、佳子に対してその憎しみを口にしても、それを水のように無視されるのがわかっているだけに、どれほど冷たくあしらわれるかわかっているだけに、兄二人はそれが自分たちの存在のよりどころであるかのように、白井を憎んできた。

おそらく兄二人にしても、そうして白井に憎しみを向ける以外、しようがなかったのだと思う。

だが、それが理屈では呑み込めても、憎悪を向けられる一方の白井は、いつも二人に怯え、正面きってまともにぶつけられてくる憎しみに身を丸め、小さくなるばかりだった。

白井は兄の言葉にも顔を上げず、ただただ安物のスーツの膝に目を落としていた。

「どこか、移りたい先の病院でもあるのか？」

溜息をつきながら尋ねる泰継に、白井は首を横に振った。

「…いえ…、特には…」

「それだけか？　他に希望があるなら、今のうちに言っておきなさい」

必要以上に波風を立てずにことを済ませようとする父親の横で、長兄がまだ不服を洩らす。

「これ以上あるて言うんやったら、こいつもたいがい面の皮が厚いわ」

「泰宏、いい加減にせんか。

…じゃあ、明佳、病院の方は手頃なところをあたっておくから…」

父は言い継ぎ、かたわらの法律事務所の名前の刷られた封筒から、書類を取りだした。

「ここに判を押しなさい」

父が病院の顧問弁護士に依頼して作らせたらしい念書めいた書類に、白井はほとんど目も通さずに署名し、言われるがままに印鑑を押した。

どうして、ただ生きてゆくだけで、こうまで周囲に疎《うと》まれるのだろうと…、目立たないようにひっそりと息をひそめていても、なぜ、こうまで憎まれるのだろうと思いながら、白井は部屋を出た。

ただ、何者の関心も引かない、誰にも気に留められることのない、空気のような存在になりたいと、白井は深く溜息をついてうなだれる。

応接の方から、なおも長兄の普段から大きな声が響いてくる。

父が白井を優遇しすぎていると、強く責めているようだった。

自分の存在自体をなじるような兄の声を怖れて首をすくめながら、白井は玄関先に置いたままにしてあったコートと鞄とを取り上げた。

III

しんと静まりかえった南禅寺の家の雨戸を、すべて一人で順に開け、白井は雪のうっすらと積もった庭を眺める。

結局、この広い、住む者のいない家は、売却されることが決まった。

白井は残っていた荷物をすべてまとめ、家の中を整理するように言われた。

あとは伯母らがきて、家具の処分や大掃除などを済ませるという。

この庭とも今日が最後になるのかと、白井は縁側に座り、しばらくぼんやりと、薄く雪化粧をした静かな庭の様子を眺めた。

立春を過ぎたとはいえ、京都は一年の中でも一番冷え込む時期だった。

凍りつくような冷気に、すぐに指先は悴《かじか》み、吐く息は白く煙る。

それでも白井は、庭先の祖母が愛用していたつっかけに足先を置いたまま、誰にも邪魔されることのない静かな時間の中で、子供の頃から長く暮らした家の庭を眺めていた。

四月からは、父親の言葉通り、その口利きで神戸のさる市立の大手病院へと就職が決まった。

心臓内科に配属されるという。

六甲の山の手にあり、瀬戸内海が一望できる場所だった。

冬だったが、紺碧の穏やかな海が窓から見えるのが、気に入った。

昔、中学、高校時代に、白井が校舎の窓から時折、眺めていた海でもある。

家のほうも、まもなく白井一人が、父が言っていた芦屋市内のマンションに移ることが決まった。

この間の話だけでは気がつかなかったのだが、兄夫婦が同居のために帰ってくるのに伴い、うやむやのうちに白井は家を出ることになっていたようだった。特にそれについても家族から説明されたわけではなかったが、それでもいいと思った。

憎まれ、つまはじきにされながらあの家にいるよりは、一人で静かに暮らしていけた方が、よほど精神的には楽だ。

そんなことを考えながら、庭を眺めていた白井は、白い雪をまとった木々の中、庭の隅にひっそりと咲く梅の花に気づいた。

白梅であるせいか、雪の中ではなかなか目立たなかったが、うっすらと枝に雪をまといながらも、けなげに小振りな花を開いている。

きれいだと、白井は思った。

祖母の小さなつっかけでは歩くことができず、白井は入ってきた勝手口に戻り、靴を片手に庭へと戻った。

ほとんど雪に埋もれかけた敷石の上に点々と靴跡を残し、白井は凜と枝を伸ばした梅の木の側にゆく。

昔からこの庭にある木で、手許に残った数少ない写真の中に、祖母に抱かれた白井が満開になった花の方へと手を伸ばしている写真が残っている。

白井は白い息を吐きながら、自分よりも少し高さのある梅の木を眺めた。

まだ四分咲きといったところだったが、手の届く枝をわずかに寄せ、鼻を寄せると、品のある独特のかぐわしい香気があった。

白井は手を放し、黙って白梅を見上げた。

白い息が、丸い花をかすめては澄み切った冷気の中にとけてゆく。

この雪をまとった小さな花のように、ただ、誰にも気づかれない、気に留められることのない、空気のような存在になりたい…、白井は思った。

それが昔からの、白井のただ一つのささやかな願いだった。

誰もいない家の庭先で、白井は一人、いつまでもその小さな白い花を眺めていた。

END

私生活

冬の日に

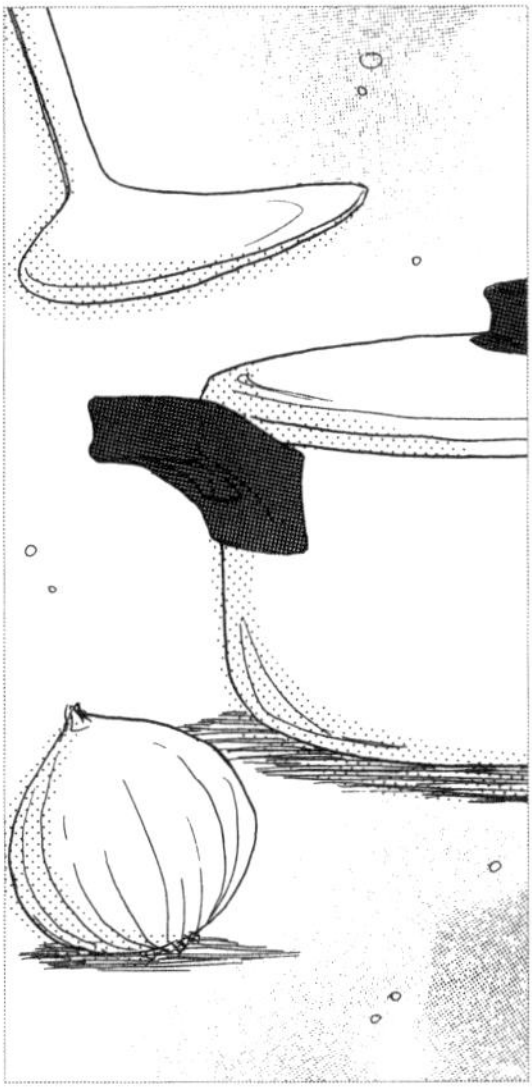

早くに帰るつもりがずいぶん遅くなってしまったと思いながら、古谷はすっかり暗い中、坂道に面した家のガレージに愛車のジャガーを入れる。

車をバックで入れる際にちらりと目の端に映った時計のデジタルの表示は、すでに九時半をまわっている。今日は仕事の終わり方に内科部長の大橋《おおはし》に呼び出されたあと、急に容態の悪化した患者がいたせいもあって、帰りが遅くなっていた。

この時間では、もうK大の教授に電話をかけるわけにもいかないだろう。

この間から、古谷の担当する循環器科のうち、H大派で完全に占められている腎臓内科をK大の組織に塗り替えることはできないかと、古谷のいた科の教授から熱心な連絡がある。まだ、時期尚早ではないかという古谷の説明にも、あまり耳を貸すふうもない。

古谷が神戸山手病院に来て二年半、当初は古谷以外はすべてH大の医師であった循環器科のうち、古谷のいる心臓内科をようやくK大の医師に総入れ替えしたところだ。

医局を抱える大学病院にとっていろんな意味で条件のいいこの病院を、科ごとK大の傘下におさめたこと自体、すでに各方面にかなりの軋轢《あつれき》を生んでいる。あえて細かな面までは報告はしていないが、古谷が派遣された当初は、まだK大で派閥争いをしていたほうがましではないかというような寒々しい事件も多々あった。

何分、もとの規模が大きな病院なので、さすがに腎科まで医師を総入れ替えとなると医師連中も黙ってはいないし、まずH大から派遣されている内科部長の大橋自身が古谷をK大に帰そうと動き出すだろう。二年、三年といった短い単位ではそう簡単にことは進まないことはわかっているはずなのだが、次期教授戦などの絡みもあって教授連も目の色が変わっている。

古谷としては今、強引に組織を入れ替えて院内にこれ以上の不和を生じさせるよりも、当面は内科内でしっかりと足場がためをした方が、最終的にはK大にとっても分がいいと考えている。

しかし、閉鎖された完全ピラミッド型縦社会のトップに座り、どのような理屈であれ自分の言い分が通って当たり前だと考える教授連を相手に、古谷の意見を承知させるのはなかなか面倒な問題だった。最終的には説き伏せる自信はあるが、これはこれで無駄に時間がかかりそうだと眉を寄せながら、古谷は助手席のコートと書類ケースとをつかんだ。

車を降りると、息が白く曇った。

昼過ぎに棟内の患者を診てまわった時、テレビの天気予報がこの冬一番の冷え込みと伝えていたが、なるほど今日は一段と冷え込みが厳しいようだ。

門を開けると、古谷の帰ってきた車の音を聞きつけて庭からまわり込んできていたグレート・デンのシーザーが、いつものように盛んにしっぽを振り、甘えた鼻声を上げて、濡れた鼻面を古谷の手から太股にかけて押しつけてくる。

「シーザー、コートは汚すなよ」

古谷は低く笑い、巨体を持つ大きな犬の耳の下から首にかけてを撫でてやった。

屋敷のほうへと目をやると、暗くなると自動的に点灯するように設定された門灯や玄関灯に加えて、廊下や階段に明かりが点いているのが見える。ほんの些細なことだが、そこには人工的な点灯とは異なる、人のいる温かな気配が感じられる。

白井《しらい》はすでに帰っているようだ。

冷え切った無人の屋敷と異なり、ほっとするような人の気配は、微妙にささくれだっていた古谷の気持ちを和らげた。

「シーザー、ここまでだ」

古谷は、未練がましく盛んに鼻声を上げる犬の鼻先を押さえる。玄関を開けると、すでに古谷の車の音を聞きつけていた老犬のカイザーが、上がり框《かまち》のところで飛びつかんばかりの格好で乗り出し、懸命にしっぽを振っていた。

カイザーが飛び出していったことで古谷の帰宅を知ったのか、奥から白井が出てくる。

「お帰りなさい」

すでに私服に着替えた白井は、古谷の姿を認めるとはにかんだように笑った。

「…ただいま」

まるで新婚夫婦のようなやりとりだと、少しシニカルな思いにとらわれながらも、古谷は口許に白井が望み飢えている微笑を浮かべてやる。

その瞬間、白井はさっと耳まで頬を紅潮させた。赤くなった自分が恥ずかしいのか、少しうつむき、それでも嬉しそうに古谷の手にしていたコートを受け取る。

「今日はね、シチューを作ってみたんです」

「シチュー？」

スリッパに足を入れながら、古谷は尋ね返す。

「ええ、少し前に先生に教えていただいた赤ワインとデミグラスソースを使った…」

古谷はふと思いついて、言いかけた白井の腕をつかみ、身をかがめて唇にかすめるようなキスをした。

「…っ…」

まだキスの間合いに慣れない白井は、驚いたように目を見張り、そのままの姿勢で固まってしまう。

そして次には、ほんのわずかに唇に触れあわせただけで離れた古谷に、未練がましい顔を作った。

古谷は素知らぬ顔で白井をその場に残し、廊下を進む。恨めしそうな目で古谷を追ってきた白井も、それ以上先を仕掛けてくる勇気もないのか、まだ心残りな様子を見せながらも後をついてきた。

ちょっと思いついて、子供をからかうような軽い気持ちでキスを仕掛けただけの古谷は、ネクタイの襟許を少しゆるめながらキッチンに入る。

明るいキッチンに入った瞬間、美味そうな匂いと温かな空気に包まれ、古谷は一瞬目を見張った。暖まった部屋中にたちこめているのは、とろ火でじっくりと煮込まれた、とろけるように豊かで濃厚なビーフシチューの香りだ。

古谷は知らず、少し微笑んでいた。この寒い時期には、空腹を癒すこの温かな匂いを嗅いだだけで幸せな気分になれる。

　ここしばらく、白井が日勤の時には、こうして古谷が帰ってきた時に何度か食事が用意されていることがある。

　もともとは古谷が料理を用意する時に気まぐれでいくらか教えてみたものだったが、白井自身の物覚えが悪くないことと、それなりに筋がいいせいもあったのだろう。見場や盛りつけなどはまだまだだったが、味付けなどは悪くない。

　特に和食に関しては、祖母が和食一辺倒だったのでほとんど和食ばかりを食べて育ったと白井は言っていたが、おばんざいで有名な京都という土地柄、かなり恵まれたものを食べていたのか、非常に繊細な味付けのものを作る。特になますや和え物などを作らせると、絶品だった。

　味付けばかりは一朝一夕で教えられるものではなく、食べ育った記憶による味、本人の嗜好といった素質が出てくるものなので、古谷も純粋に感心させられる。

　家政婦の沢木《さわき》が通ってきた日には、温め直すだけで食べられるようにちゃんと白井の分も含めた食事の用意が調えられていたが、一人で冷めたものを温め直すのと、こうして誰かがすぐに食べられるように用意しておいてくれるのとでは、食べる時の気持もずいぶんと違うものだった。

　白井が自主的に古谷が教えたものを作っていた時には驚いたものだったが、もとがほとんど無趣味だったせいもあるのか、白井はあまり料理をすること自体に抵抗はないようだった。

　むしろ、古谷が褒めてやれば、次も積極的に楽しんで作っているように見える。

　その料理の出来ばえもさりながら、古谷は当初まったく面白みのない人間に見えた白井の中の、新しい素質が開花したことを楽しんでいた。

今ならもう、以前のように無趣味だとはいえないだろう。

もしかしてあの絵本集めなども、白井がそうだと主張しなかっただけで、実はすでに立派な趣味の域ではなかったのかと古谷は思ったが、今あえて口にはしなかった。

時に白井は、自分の中の可能性について何も気がついていないように思える。それとも、懶惰《らんだ》ゆえに、必要以上にそこから前に進む努力を放棄してしまっているのか…。少なくとも、会った当初の白井は後者の人間に見えた。

医者という仕事は、誰でも容易になれるというわけではないが、一度医師資格を取ってしまえば、その後はさしたる努力をせずとも何とか食べていける。今はまだ、日本はアメリカのような医療訴訟も盛んでなく、誤診があったとしても閉鎖された医療社会では圧倒的に患者サイドよりも医師の方が有利な立場にあり、刑事責任や能力の有無を問われることもほとんどない。日本の医学部の医局内で定年ぎりぎりまで老いた教授が居座り続け、医療技術を切磋琢磨する以前に、ひたすらに泥沼のような権力争いに終始しているのもそのためだった。

大学医局内では優秀な医師がいても、複雑な派閥争いを泳ぎ渡る能力がなければ不当な圧力をかけられることも多い。能力があるのに教授に嫌われて、しがない地方病院へと放り出される医師も少なくない。それを嫌って、最近ではアメリカなどに渡り、厳しい能力主義の中でスキルアップを図る医師などもちらほら見受けられるようになった。

しかし、いずれにせよ、絶えず前に進み続けるためには強い精神力がいる。流され埋もれるのは容易な職業だが、はたしてこのあまり強い覇気を感じられない青年は、今の位置から少しでも進み出したいと望んでいるのか。

「味見、されますか？」

シチュー鍋のふたを開け、トロリと美味そうな湯気を上げるシチューを覗《のぞ》きながら、古谷がそんなことを考えていた時、白井が背後から尋ねてきた。

「ああ」

頷《うなず》くと、白井はお玉で小皿にいくらかよそって、古谷の前にそっと確かめるように差し出す。

食べてみると、ずいぶん美味い。古谷が教えたものよりもいくらかまだ味に深みがあり、豊かで奥行きのあるしっかりとした香りがある。これならば、どっしりとしたフルボディのワインに合いそうだと古谷は急激に空腹感を覚えた。

「美味しいね。これで私が作ったとおりなの？」

白井は嬉しそうに笑う。

「今日のは嶋津《しまづ》さんに教えてもらって、タマネギを先生に教えていただいたものより長く、飴色になるまで炒めてみたんです。少し時間はかかるんですけど、僕、今日はほとんど定時で帰ってきて時間もあったし…」

「嶋津さんって、料理なんかするんだ」

よくナースステーションで、闊達な大阪弁で同僚とやりとりをしている若い看護婦を思い、古谷は首をひねった。

古谷の前ではそれなりにしおらしくしてはいるようだが、同僚や患者の前では聞く者が圧倒されるほどの気《き》っ風《ぷ》と元気のよさがあることは知っている。若い割に優秀な看護婦の一人だとは思うが、何事も明るく笑い飛ばす普段の豪快な印象を考えると、細々とした家事などとは程遠いイメージがある。

「ええ、前に先生に教わったビーフシチューの作り方を話してたら、女性誌にレストランのシチューのレシピが載ってたのを切り取ってきてくれて…、それでこのタマネギを飴色になるまで炒めるっていうのをやってみたらっていう話になって…」

「ああ、なるほど」

まるで嶋津が前にいるかのように楽しげに話す白井に、やはりどうも嶋津本人が料理をしているわけではなさそうだと、古谷はシチュー鍋のふたを閉じた。

それにしても、ずいぶん白井は看護婦達と仲がいい。身長はそれなりにあるものの、おっとりした物腰や話し方、おとなしげな容貌などがあまり強く異性を意識させないせいなのか、医局にいるよりも、むしろナースステーションで看護婦達と話し込んでいるのをよく見る。

古谷にしてみても、白井が親しく話せる同僚がいるのはいい傾向だと思う。同じ研修医でも妙に即物的で様々な下心の見え隠れする櫻井《さくらい》や榎木《えのき》の会話とは異なり、女達と多く話しているせいか、白井の話題は自然、日常的でたわいもないものが多いが、それでもそれなりに口数が増えてきたのはいいことだ。

「赤だけど、ワイン飲む？」

小型冷蔵庫に似たワインセラーから古谷がフルボディのワインを選んで取り出すのを見て、白井は嬉しそうに頷いた。

「グラス、用意します。よかったら、着替えてきてください」

「チーズが二種類ほどあっただろう。あれ、出しといて」

食器棚からワイングラスを取り出そうとする白井の背中に命じ、古谷は自室に向かった。

下戸《げこ》である白井はほとんど飲めないが、古谷と一緒に晩酌を楽しむこと自体は好きなようだ。グラスに半分ほどのワインならばゆっくりと時間をかけて飲めば、そうひどい醜態をさらすこともない。白井なりに、酒量や飲み方もだんだんわかってきたらしい。いつも子供だましのような量のワインを、大切そうに飲んでいる。

おとなしく上品な、時にはまどろっこしくもあるそんな白井の飲み方を見るのは、古谷は嫌いではなかった。

古谷は自室に向かう階段途中の水槽を覗き、寄ってきた熱帯魚たちを眺める。

青白い光の中で、音もなく揺らぐ美しい水草を背景に、色とりどりの魚たちは今日も半透明に透けたヒレを優美に動かしていた。

何かふわりとしたものが肩の上に落ちてきたような気がして、古谷はとっさに身体を起こした。

「あ…、すみません。毛布をと思ったんですけど」

毛布を手にした白井が申し訳なさそうに謝る。

食後、ソファーで本を読むうち、いつの間にかうとうとしていたようだ。

「…ああ、寝てた？」

眼鏡を外して髪をかき上げる古谷に、白井はおっとりと首を振った。

「そんなに長い間やないです、十分、十五分ぐらいで」

「今、何時？」

「十二時ちょっと前です」

古谷は膝の上の本を置いて立ち上がる。

「風呂にでも入るか」

大きく伸びをする古谷に、白井の視線が戸惑いがちに絡みついてくるのがわかる。帰ってきてすぐに与えた中途半端なキスに臆病な青年が焦れているのだと、古谷はすぐに気づいた。

口にしたワインのせいなのか、食事中も何度かもの言いたげな視線を古谷に向けてきていたのは知っている。古谷自身、他人の視線には敏感な方なので、白井の中のかすかな期待とためらいとは手に取るようにわかった。

「どうしたの？」

古谷はわざと意地悪く白井の顔を覗き込むようにした。

さすがに面と向かってまともに求めることはできないのか、白井は逃げるようにすっと横に視線を逸《そ》らす。

「風呂、一緒に入る？」

古谷は白井との距離を詰め、その両の手首を軽く握って捕らえると尋ねた。ごく軽い拘束なのでその気になれば十分にふりほどけるはずだったが、白井は苦しそうな目で古谷を見上げただけで、また視線を逸らしてしまう。薄く開いた唇が小さく震えるのを、古谷は加虐的な思いで見た。

ゆっくりとその震える唇に唇を重ねてやると、白井の喉が小さく鳴るのがわかる。すぐに白井は、縋るように古谷の腕に摑まり、まだ拙《つたな》いながらも懸命にキスに応えはじめた。古谷はその髪を撫で、男にしては柔らかで清潔なその質感を楽しむ。

温かな舌先が、懸命に絡みついてくる。不器用な青年と侮《あなど》り、少し毛色の変わった愛人関係だと割り切りながらも、今、腕の中で稚拙なキスを返してくる存在は、古谷の内側のどこか冷めた部分を刺激する。

その清潔な印象とは裏腹に、白井の下肢が早くも反応を始めたのがスラックス越しに感じ取れる。古谷がそれを察していることを知り、白井が身をよじって懸命にその反応を隠そうとするのがいじらしく、同時にまだるっこしくもあった。

「行こうか」

「…あ…」

古谷の与えたキスの余韻がまだ覚めやらぬような白井は、それでも腕を引かれるままに脚をもつれさせて二階の浴室へとついてきた。

半年前に白井をプールに沈めた時にその身体を温めてやった浴室は、廊下以外にも古谷の寝室ともつながっている。浴室と洗面台とがひとつになった、外国仕様の広いものだった。古谷にとっては昔から慣れた浴室だったが、白井はいまだにホテルの一室のようだという。

風呂に湯を張り始めると、バスタブの縁に腰掛け、古谷は浴室の壁に張りついたように立っている白井を振り返った。

「服、脱いで」

白井はちょっと驚いたように目を見張った。

「え？」

「脱がないの？　服」

「先生…？」

白井の声に困惑が混じる。

酔うとあんなに大胆に誘ってみせるくせに、いざセックスが始まればいくらでもそこに溺れるくせに、まともに誘われると自分から服を脱ぎ捨てることはできないというその臆病さが、古谷にとっては可愛らしくもあり、時にはがゆくもある。

「いいから、脱いで」

「そんな…」

青年は細い眉を寄せ、第一ボタンの開いていたシャツの襟許を隠すようにつかんだまま、首をかすかに横に振った。

「明佳《あきよし》」

主導権を握った古谷は、白井の名前を低く呼ぶとそのまま待った。

白井はまだいくらか視線をさまよわせたあと、思い詰めたような顔でセーターに手をかけた。そのまま腹をくくったように一気にセーターを脱いでしまう。

「こっちを見て、もう少し色っぽく脱ぐことはできないかな」

古谷はバスタブの縁に腰掛けたまま脚を組み、さらに意地悪く言った。淡々とした抑揚のない古谷の物言いは、時にひどく酷薄なようにも聞こえる。

「…無理です…、そんなん…」

浴室の壁に張りついたままの白井はさらに強くシャツの裾を握りしめ、今にも消え入りそうな声で呟いた。

「できるでしょ?」

古谷がわざと院内で白井ら他の研修医に向けるようなドライで突き放した言い方をすると、白井はさらに目を伏せて下唇を噛む。

中途半端なところで放置されたままの下肢がズボン越しにも明らかな反応を示しているのを、白井も恥じているのだろう。古谷に突き放されて、今にも泣き出しそうな表情を見せる。

そんな白井の顔に、まだ小学校に入る前の頃だったろうか、気に入っていた女の子をわざといじめた記憶がなぜかふいに甦った。色の白い、おさげ髪のおとなしい子だった。本気で泣かす気はなかったが、泣きそうに顔をゆがめる様子が可愛くて好きだった。古谷以外の子供がいじめるのは許せなかったので後ろにかばってやったこともあるが、結局、最後までほとんど言葉も交わすことがなかった。

　ほとんど忘れかけていた遠い子供の頃の記憶に古谷は柄にもなく戸惑い、わざとバスタブの方に視線を戻し、半ばまで溜まってきた湯量を確かめた。

　やがてとうとう白井は、観念したような表情でシャツのボタンに手をかける。ぎこちなくボタンを外してゆくが、指先が震えるためか必要以上に時間がかかった。

　子供のようなたどたどしい手つきでようやくボタンを外し、白井はうつむいたままで袖を抜く。そのまま白井がシャツをたたんでそっと床に落とすと、古谷はさらにぶっきらぼうに短く命じた。

「Tシャツも」

　その命令がわかっていたのか、さらに白井は何度か迷うようにTシャツの裾をめくっては握りしめ、めくっては握りしめてを繰り返し、ようやく頭からシャツを抜いた。

　白い、なめらかな肌があらわになる。つややかな白磁のように、わずかに底に濁りの感じられる東洋的な白さ。純白透明でうっすらと青みを帯びる西洋の磁器とは一線を画した、卵白のようななめらかな乳白色には、古谷はいつも感嘆を覚える。

　まっすぐに見つめてくる古谷の視線に羞恥を覚えてか、それとも元はストレートである古谷の気持ちを萎《な》えさせることを恐れてか、白井は脱いだTシャツを胸許あたりで少女のように丸めて肌を隠す。

　肌とひと続きの色味の浅い鴇色《ときいろ》の乳暈《にゅううん》が、白井の息遣いにあわせて小さく上下しているのが見える。男の裸体などどうということもなく、また白井の身体もどちらかというと撫で肩で見栄えのいいものでもないが、そんな仕種は下手な媚態よりもはるかに古谷の気を引いた。

白井は男のものである自分の身体が、古谷の気を削ぐことを恐れているが、女性にもほとんどない柔らかく光を吸うその肌の白さと、青年期特有の硬質な肌の張り、痩せた薄い身体と、その白くなめらかな美しい肌とのアンバランスさは、今の古谷を奇妙に煽った。

「下も」

古谷の命に、白井はもたつく手でベルトに手をかける。躊躇《ちゅうちょ》するように古谷を見て、またあきらめたようにベルトを外した。

「そのままこっちへおいで」

声をかけると白井はほっとしたような顔を作り、古谷の前にやってきた。それを両脚の間に立たせ、古谷はその顔を下から覗き込んだ。

「自分でやってみせて」

「そんなん…」

白井が目を見開き、息を呑む。

古谷は冗談ではないのだという証拠に、軽く肩をすくめて微笑んだ。自分の笑みが白井に与える効果など、百も承知だ。

「堪忍してください…」

蚊の鳴くような声で白井は呟く。

その返事に古谷は白井の身体を返し、自分の膝の上に座らせた。軽く手を添えてそのジッパーを引き下ろしながら、耳許にささやく。

「やってみせて」

古谷は自分の声が思いもせず、甘ったるい響きを帯びていることに気づいた。白井はいやいやをするように浅く首を横に振るが、古谷はなおも甘くささやき、その下着の中に手を滑らせた。

「明佳、いい子だから…」

古谷の手の中の白井の指先が少し熱い。欲情しているせいもあるが、この青年は平熱が高めだ。人より体温の低い古谷にとっては、このほんのり湿った熱っぽさが肌に心地よくもある。

男の膝に座らされて、さらにはっきりと頭を持ち上げたものを白井の手ごとゆるく握りしめてやると、白井の身体が跳ねるように震えた。

「少し湿ってるね」

がっくりと前に折れたうなじに唇をあてると、首筋がさらに細かく震えるのがわかる。白井は浅い吐息を繰り返した。

白井のスラックスが膝までずり下がり、浴室の照明をなまめかしく吸った白い太股が半ばまであらわになる。以前、古谷にからかわれてから代わったトランクスの中から、おとなしそうな白井の美貌をはっきりと裏切るものが勃ち上がっている。男の手に包まれながらも、経験の浅い少年のような綺麗な色味のものを、白井は懸命に古谷の目から隠そうとするのがわかる。

「…や…、ぃや…っ」

かまわず、古谷が白井のほっそりとした指ごとその性器をこすりたててやると、白井は細腰をがくがくと震わせ、幼い泣き声を上げた。

それでもこの恥ずかしくどうしようもない異様な状況に興奮してか、さらに上向いた青年のものは赤く色づいた先端から透明な滴《しずく》をこぼし、ほっそりした青年の指との間に細く粘った銀色の糸を引いた。

古谷の手と白井の下着も、その先端から溢れだしたもので濡れる。

「…あっ…、やっ…」

半ば強制的に扱《しご》かれる動きに応じて、白井の腰もかすかに上下に振れだす。古谷の胸許に押しつけられた、うっすらと汗の浮かんだ背筋が、何度も小さく攣《つ》れるのがわかる。

「ぁ…」

古谷がふいに手の動きを止めると、白井がうっすらと涙の浮かんだ目を大きく見開いた。昂ぶったところを半ばで放り出され、信じられないような顔を作っている。

古谷は白井の先走りで濡れた手を大きく広げ、これ以上は手を貸すつもりはないのだと、薄く笑ってみせた。

「さぁ…」

古谷の手に促され、白井は喉の奥から辛そうな小さな泣き声を洩らしながら、自分自身を握りしめた。つま先がくっと反る。見られていることを恥じてか、細かく上下する白井の手の中から、子猫がミルクを舐めるような濡れたかすかな音が漏れ出す。

「…や…」

細い首筋がピンク色に染まり、唇がうっすら開く。

「…ぁ…っ」

欲情した甘い声が、青年の唇から漏れる。

細い眉根が切なそうに寄せられる。古谷の腕の中で少しずつ身を揉み、白い肩で喘ぐのを、古谷は背後から抱きかかえ、後ろにそっと触れてやる。

「ん…っ」

潤いのない窄《すぼ》まった部分に触れてやると、白井はたまらなそうに低く呻いた。手許のコンディショナーで指先を濡らし、浅く円を描くように入り口付近をえぐってやると喉許が大きく反る。

挿入される悦びを知った青年の内部は貪欲に蠢《うごめ》いた。

「もっと欲しいの?」

からかう古谷の声に白井は何度も深く頷く。慣らしながらゆっくりと指を差し入れてやると、ある一点で白井はすがるように古谷の腕をつかみ、自分自身を握りしめたまま腰を大きく上下させた。

「…ぁっ…、あっ…」

両脚を突っ張らせ、ゾクゾクッと背筋を震わせたかと思うと、白井は小さく喘ぐような声を漏らし、やがて身体を弛緩《しかん》させた。

大きく喘ぐ脇腹はうっすらと肋《あばら》の浮く痩せた若い男の身体だが、その光を吸った独特の白さのある肌は妙に人を煽るものがある。力仕事を知らなさそうな細い指先が白濁で汚れたままなのが、妙に淫猥だった。

古谷は無防備に身体を弛緩させたままの白井を抱きしめ、そのこめかみから頬、唇に濡れたキスをした。


ベッドの上で古谷の足許に這い、高く尻を掲げた卑猥な姿勢のままで、白井は懸命に古谷を咥え、その欲望に仕えようとする。

猛った古谷の長大なものを喉の奥一杯まで含むのはそれなりに苦しいだろうに、白井はその清潔でおとなしそうな顔とは裏腹に、喉の奥深くまで男を咥えこみ、舌や唇全体を使って猛った古谷自身の感触を楽しむ倒錯した感覚自体を好んでいるようだった。セックスを知り覚えてまだ日も浅いというのに、口技は目を見張るほど長けている。

「明佳、もういい」

やや涙目になって懸命に唇を使う青年に、男は低く命じた。白井は頷くとやや惜しそうに身を起こし、ベッドの上にぺったり座って古谷自身にゴムをかぶせる。

四つん這いに這わせ、痩せた身体を抱き寄せると、白井はたまらなそうに鼻を鳴らした。

潤滑剤で十分に慣らした部分に昂ぶったものを押し当てると、それだけで濡れた甘い泣き声が上がる。

「これが好きなの？」

低く尋ねると白井は浅く何度も頷き、捕らえられた腰をよじり、さらに奥へと誘うように腰をうねらせた。

ゆっくりと腰を前後させ、古谷は無理のない結合を果たす。

青年の内部が熱く締め上げてくる感触。抽送の度、溶けた潤滑剤が濡れたかすかな音を洩らす。

「…あ…、ぁ…」

古谷を奥深くまで咥え込んだ青年の内部が、きつく収縮する。甘くダイレクトな感覚、強烈な快感に、古谷も強く眉を寄せる。

白井が全身で古谷を求めてくるのがわかる。甘い呻き声と共に、つながりあった部分は貪欲に古谷を締め付け、大きく揺れる。

これまで抱いたどんな相手にもなかった、全身で縋りついてくるような、突き放されることをどこかで恐れている刹那的な感覚。

白井の中に常に潜んでいる、古谷との行為をこれを限りと恐れる感覚と、これを限りと貪《むさぼ》り尽くすような貪欲さの共存に、こちらまで捕らわれ、溺れそうになる。

「せんせ…っ」

古谷の動きが大きくなるにつれ、うわずった声が小さく途切れ、泣き声と共に捕らえた細腰が大きくよじれる。

「せんせ…、もぅ…、ぁ…っ、…ぁっ」

白い背中が震え、シーツを握りしめた白井の喉から言葉にならない声がこぼれ続ける。汗に濡れた細い身体を抱き寄せ、青年のもたらす強烈な快感に眉を寄せ、古谷は締め上げてくる内部に自分を放った。


しばらくうとうととしていた古谷は身を起こし、乱れたベッドの上に散ったタオルで身を拭うと、寝間着を羽織って立ち上がった。

身体は怠く疲れていたが、白井によってもたらされた性的な充足、心地よい倦怠感がある。

疲れからか、同じくベッドの上に突っ伏して眠り込んでいるらしい白井を横目に寝間着を着込み、古谷は冷蔵庫から冷えたミネラルウォーターのボトルを取りだし、部屋に戻った。

喉を滑り落ちてゆく、ひんやりとした水の感触が心地いい。

ベッドの縁に腰掛け、ボトルをあおっていると白井が目を覚ます気配がした。

「水、飲む？」

うっすらと目を開け、古谷を見る白井に尋ねると、小さなうなずきが返る。古谷は裸のままの白井の肩に寝間着を着せかけ、その身体を起こして口許にボトルをあてがってやった。

子犬が懸命に水を飲むように、青年は半量ほど残っていた水をほとんど飲み、古谷は最後の一口をあおってボトルを空にした。

ふたを閉める途中、古谷はまだ頼りなくまとわりついてくる青年の視線に気づく。

「何？」

白井の喉が小さく鳴る。

「…キスを…」

「キス？」

古谷は無意識のうちにわずかに眉を寄せ、手にしていたボトルをサイドテーブルの上に置いた。

白井が古谷からのキスや、好きだの、愛しているだのといった安直な言葉に飢えているのは知っているが、正直、男の生理の常でこれだけの倦怠感のあと、濃厚なキスは煩《わずら》わしい。

しかし、おずおずと伸びた青年の指は、古谷の指先にそっと触れた。

「おやすみなさいのキスを…」

「…おやすみなさいの？」

少し毒気を抜かれた古谷を、白井は珍しくまっすぐに見上げ、子供っぽい表情で小さく頷いた。どこか幼いような、縋るような瞳が古谷に向けられていた。

——親からの愛情に飢えて育った子供は、精神的に不安定だ…。

ふいに木下《きのした》の言葉が甦る。

古谷は知らず白井の髪に手を伸ばし、額に落ちていた前髪をかき上げた。

なぜにそんな益体《やくたい》もないものを欲しがるのかと思う一方、どこかでそんな青年をいじらしいと思う自分がいる。

片親ではあったが、父親の愛情は十分に受けて育った古谷には、白井ほどに誰かからの愛情を求《ま》いで、求いで育った子供の気持ちはわからない。

哀れだと思うものの、結局のところ、白井が長年その胸の内に抱いてきた恐ろしいほどの孤独感を完全に理解できるというのは、傲慢《ごうまん》ではないかと思った。

古谷は身をかがめ、胸の奥深くでどこか妙に古谷の憐憫《れんびん》を揺さぶる、少し毛色の変わったおとなしく従順な愛人の額に、そっと口づけた。白井は古谷の指先を握ったまま、本当に嬉しそうなほとんど無邪気ともいえる笑みを浮かべ、そっと瞳を閉ざす。

やがて疲れからか、白井はそのまま滑るように静かに眠りに落ちた。

そんな白井の何かが、硬化した古谷の胸を打つ。刺々しくなった部分を削ぎ、直接に柔らかな部分に触れてくる。

何かを愛おしい…と思うのはこんな感覚なのだろうかと、古谷は眠る白井のベッドの縁に腰掛け、しばらくその静かな寝息を聞きながら考えていた。

END

ホワイト・クリスマス

明佳　二十五歳のクリスマスに

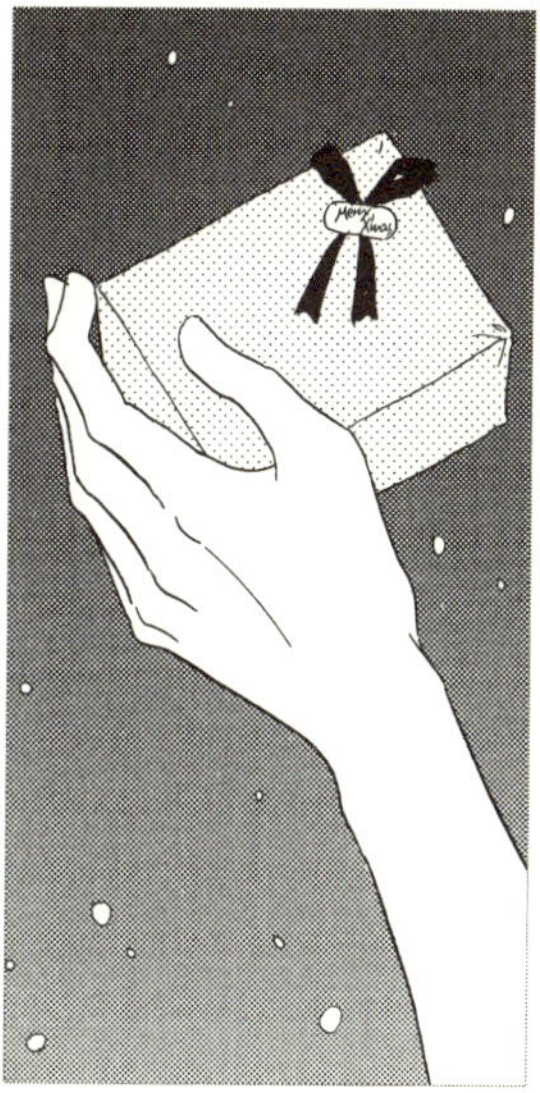

救急車が正面玄関前で止まるのと同時に、あたり中に響いていたサイレンの音が、ぴたりと止まった。

青白い蛍光灯に照らされた宿直室で、白井《しらい》は一人、病院内で買ったサンドイッチの最後の一切れを齧りながら、ラジオから流れてくるクリスマスソングをぼんやりと聞いていた。

暖房で乾燥しきった無機質な宿直室の中でも、JRのテーマソングでもあった山下達郎の美しいメロディーの恋歌は、来ない恋人を待つ悲しいクリスマス・イブの夜を切なく歌いあげてゆく。

芸能関係一般に疎《うと》い白井も、さすがに何度も耳にしたことのある曲だった。

「きっと君は来ない、一人きりのクリスマス・イブ」

冷めかけたインスタントの不味いコーヒーをすすりながら、白井は小さく歌った。

さすがにこの温暖な瀬戸内海地方は、クリスマスの夜に雪に恵まれるということはないが、世間がクリスマス一色に染まるイブのこの夜も、白井はいつもの要領の悪さで櫻井《さくらい》や榎木《えのき》らの同僚に宿直を押しつけられていた。

年若い女の子や子供たちのように外国行事に胸をときめかす年でもなかったが、もしかしたら、生まれて初めて二十四日のイブの夜を誰かと一緒に過ごせるかもしれない、といったほのかな期待がなかったわけでもない。

しかし、やはり薄情な男はクリスマス行事などには何の関心もなかったようで、昨日から白井には何も告げずに新潟で行われる学会に行ってしまっていた。

ミーティングでも連絡のなかったその急な出張は、立て続けの忘年会行事で体調を崩した内科部長の代理に慌ただしく発ったということだったが、それでも一言ぐらい言い置いていってくれても…、という恨めしさが頭をもたげるのは仕方がない。

男がつれないのは、いつものことで白井はそれを口にして責めることも出来ずにいる。

二人の関係については何も言わない、何も約束しない…、魅力的な男は確かなものなど何ひとつとしてくれたことがない。

抱き寄せられると陶然となり、キスを与えられるといつもあえなく陥落し、我を忘れてみっともなく鼻を鳴らして続きをせがむような白井は、男にとっては妊娠の心配もない、ちょっと毛色の変わった後腐れのない愛人程度の存在なのかもしれない。

だが、指一本、髪の先まですっかり古谷に魅せられている白井にとっては、どうしてそれに不平を唱えることが出来るだろう。

ラジオではDJが恋人にあてられたFAXのメッセージを読み上げ、クリスマスに関する恋物語を楽しげに話していた。

楽しく夜を過ごすあなたにも、一人淋しく夜を過ごすあなたにも、ぜひ楽しいクリスマスを送っていただきたいものです…、という声のあとに、公開録音なのか、楽しげな笑い声が重なった。

人のそんな楽しげな笑い声すら寂寥感《せきりょうかん》を誘うのは、白井が中途半端に人の温もりを知るようになったからか。

宿直室の机の上には、ラッピングの施された小ぶりの箱が所在なげに置かれてある。

白井が生まれて初めて買った、クリスマス・プレゼントだった。

上質の子牛革で出来たワイン色の名刺入れで、身近に置いてもらえるもので押しつけがましくなく、値段も負担に思われないほどのもの…と、何日も何にしようかとさんざん悩んだ末に、ようやく選んだものだった。

渡しあぐねた名刺入れを捨てる気にもならず、しかし、こんな機会を逃しては手渡す勇気もなく、箱は放り出されたままになっている。

四月に出会い、無理やり同棲生活を強要された時から変わらず、白井はいまだに古谷《ふるたに》にとって自分がどれだけの存在なのか測りかねている。それがこういう機会になると、まざまざと自分の存在の軽さを見せつけられるようで、辛かった。

ラジオから、ビング・クロスビーの歌うゆったりとした『ホワイト・クリスマス』が流れだす。

時計の針は十二時を指そうとしていた。

それ以上は楽しげな笑い声を聞く気にもならず、白井はラジオを止め、仮眠を取るために白衣を脱ぎかけた。

不意にけたたましい音をたてて電話が鳴った。

『古谷先生からお電話です』

受話器を上げると、病院の夜勤の中年交換手が機械的な声で告げる。

「あ…、お願いしま…」

男の名前に動揺しながら接続を頼む途中で、夜中であっても多忙なのか、何の挨拶もなくプッツ…と回線が切り換えられる。

『元気か？』

電話が切り換わると同時に、よく通る低い声が、たいした抑揚もなく尋ねた。

「先生…？」

『寒くないか？　こっちは、雪で真っ白だ』

戸惑いがちの白井の声に、早くもなく、遅くもない、いつものごく理性的な話し方で、男は言葉を続ける。

『本当に真っ白だ…』

いったいどんな急用で…、と尋ねかけ、白井は口をつぐんだ。

男の声の中にわずかな照れと苦笑が混じっていることに白井が気づいたのは、実際、奇跡に近かった。

「いつ…、いつ、こちらにお帰りですか？」

大事なものを抱くように、白井は受話器を握りしめ、ホテルの部屋からかけているらしい男の声を聞き逃すまいと耳を傾ける。

『二十七日の朝だ』

声がやわらいだように聞こえた。

『…そういえば…、私の誕生日だな…』

口にしてみて初めてそれに気づいたのか、古谷は微妙に言葉尻を揺らした。

「…僕、…僕、先生にお渡ししたいものがあるんです」

この貴重な機会を逃さないようにと、あわてて白井は言いつのる。

『帰ってからでいいか？』

男はやさしく尋ねた。

「…ええ」

受話器を握りしめ、何度も頷くと、かつて聞いたことがないほどやさしい声で、おやすみ…、とだけ告げて、男は受話器を置いた。

「メリー・クリスマス…」

青白い蛍光灯に照らされた宿直室で、白井は受話器を置きながら、幸せな気分で小さく呟いた。

男の知らせてきた白く雪で埋まった北の街の様子が、瞼の裏に浮かぶようだった。

今すぐに眠れば、夢の中、その白い街で男に会えるような気がした。

白一色に染まった街が、最後に聞いた温かい男の言葉のせいか、不思議と冷たくは感じられなかった。

白い、白い街で、きっと僕はあなたを捜す…、白井は瞼をそっと閉じた。

END

蟬時雨《せみしぐれ》

古谷ら、高校二年生の夏に

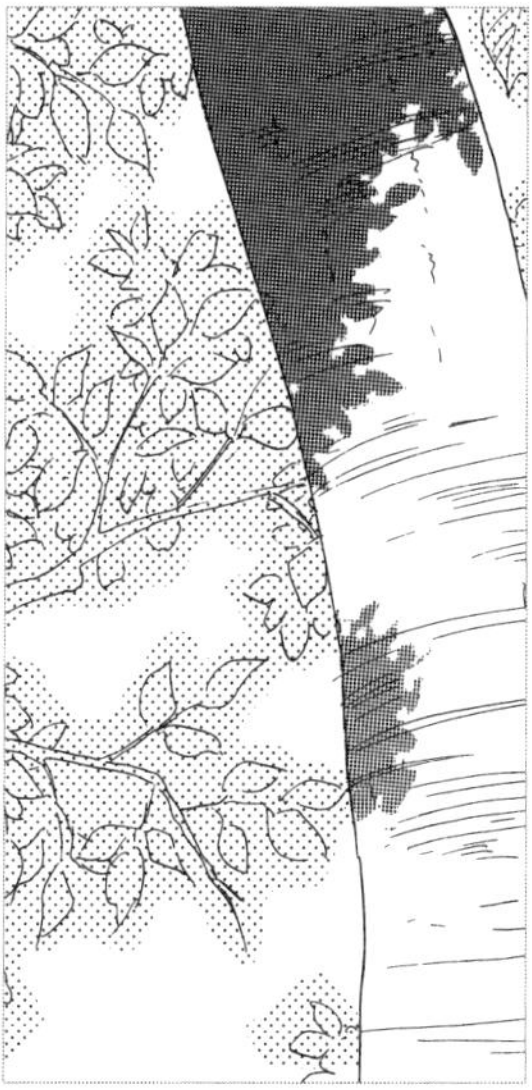

I

何も遮《さえぎ》るもののない真夏の容赦ない太陽が、紺と白のラガーシャツ越しにじりじりと背中を灼き、その日射しは痛いほどだった。

こめかみから伝った汗が顎を滑り、ぽたりと白い砂の上に黒い染みを作った。

七月の放課後のグラウンドは四時前だというのに照り返しが強い。荒い息でスクラムを組み合ったまま、互いに力の均衡の崩れを探り合う。誰もがぴくりと動かない中で、ラグビー部主将の中西正孝《なかにしまさたか》は白い砂の乱反射に目を細めながら、砂の上の染みを見ていた。

炎天下の練習で、ラグビー部のメンバーは身体中を伝う汗と泥とに黒くまみれ、熱い日射しに白く乾いた土埃《つちぼこり》とで、全身出来の悪いまだら模様になっている。

伝う汗が目にまで染みる。力むスクラムの中で熱がこもり、その熱に目眩《めまい》すらする。

「気ぃ抜くなよーっ！　もっと腰落とせ！　尻にしっかり力入れぇっ！」

容赦のない監督の怒号が飛ぶ。

近くの雑木林で気でも狂ったようにやかましくアブラゼミが鳴き立てる中、野球部の金属バットの甲高《かんだか》い音と、水泳部のホイッスルの音が入道雲の浮いた真っ青な空に響く。

今のホイッスルは、古谷《ふるたに》の飛び込んだ音ではないだろうかと中西の気が一瞬逸《そ》れたとたん、力の均衡は崩れ、スクラムは一挙に崩れた。

「中西ぃっ！　アホか、何だれとんのや！　グラウンド五周走ってこいっ！」

「すみませんっ！」

崩れたメンバーの中から起き上がった中西は、額に青筋立てて怒鳴る監督に一礼し、トラックを走り出す。

「他は十分間の休憩ーっ」

監督の号令に、他のメンバーがほとんど悲鳴にも聞こえる歓声を上げて水筒の水や麦茶に群がるのを横目に、中西は黙々と灼けたトラックを走った。

しかし、まっすぐに前に目を据えて走っているつもりでいても、水泳部が夏の大会に向けて猛特訓を繰り返しているプール近くに来ると、自然スピードも落ち、気も逸れる。

金網の向こうに親友のすらりと引き締まった体軀を探し、何回目に脇を向いたところで、いつから見ていたのか監督が怒鳴った。

「こらぁ、中西ぃっ、気合い入れて走らんかぁっ！　あと二周追加ぁっ」

容赦ない真夏の日射しに晒され、全身を汗に濡らしながら、中西は早くこのペナルティーを終わらせるべくピッチをあげた。

「おまえ、何をこの間から落ち着きないことしてんねん、アホちゃうか」

ようやく日の傾きかけた水飲み場で、チームメイト達が口々に中西を揶揄《やゆ》しながら、汗で張り付いたラガーシャツを次々に脱ぎ捨て、頭から水をかぶる。

「やかましいっ、俺の思春期のナイーブな精神状態が、おまえら野獣みたいな神経の図太い奴らにわかってたまるかっ」

高校生にしては大人並みに胸部に厚みがあり、どっしりとした体格のよい中西は、同じように汗に濡れたラガーシャツでぴしゃりと近くの同級生の剝き出しの背中を叩いた。

汚ねーっ、と悲鳴を上げる同級生を尻目に、副将の岡木《おかき》が真面目な顔でささやく。

「受験のほうが気になるなら、そっちに本腰入れろって、監督が本当に言ってたぞ」

「何を今さら。受験が怖くて、体育会系に籍を置けっかっつーの」

グローブ並に大きな手を顔の前で振り、中西は豪快に笑ってみせる。

そう、問題なのは受験などではなく、以前から頭を悩ませている…、中西はようやく練習が終わったらしいプールのほうを振り返り、雑念を振り払うように頭から水をかぶった。

古谷和臣《かずおみ》は水泳帽を脱ぎ、ゴーグル片手にシャワーをくぐったところだった。

視線を伏せがちに、筋肉質の引き締まったすらりとした長身を無造作に晒して、友人はシャワーの下で水が日に灼けた肌の上を流れるに任せる。

古谷は縦の伸びに横幅が追いつかないほどの勢いで、この春に身長が一八十センチを超えた。本当に夜中、背中が痛いんだよと本人は笑っていたが、いくらか差のあった背丈はみるみる中西に追いつき、あっという間に顔の位置が近づいた。

どこか成熟しきらない成長期特有の古谷の体格は、肩幅も胸囲もそれなりにしっかりとあるのに、それ以上にその長身や長い四肢、引き絞ったように細いウエストのほうが目立つ。体格的には十分に均整が取れているはずなのに、何故かアンバランスで脆《もろ》い印象を見る者に与えた。

「中西、練習終わりか？」

プール裏の雑木林から聞こえてくるやかましいほどの蟬時雨《せみしぐれ》の中、気怠《けだる》そうなのによく通る声が響いた。

フェンス越し、下半身を直撃するような映像を食い入るように見ていた中西は、友人の声に驚いて顔を上げる。水が目に入らないように目を細めたままで、シャワーの中から古谷が中西に気づいて声をかけてきていた。

「ちょっと待っててくれ、すぐに服着るから…」

水の下で乱暴に濡れた髪をかき回すと、古谷はシャワーのコックをひねり止めた。そして、髪の水気を絞りながら肌の上を伝う水もそのままに、古谷は競泳用の紺のスイムパンツ一枚の姿で、灼けたコンクリートの上を裸足でペタペタと中西の前へとやってくる。

クロールを得意種目とする古谷は、いわゆる逆三角形型に近い見事な体軀をしている。顔立ちもよく上背もあり、男子校であるにもかかわらず、通学時に使う阪急線の中では近隣の女子高校生に、始終声をかけられる。

古谷は、そんな可愛らしいといった形容とはほど遠い自分に対して、親友が不埒《ふらち》な想いを抱いているとは夢にも思っていないようだった。

「おまえ、さっき走らされてただろう？」

さして張り上げないでもよく通る声で言うと、思い出したのか、喉の奥で小さくクッと笑い、ゴーグルを振りながら、古谷は日に灼けた顔を和ませる。嫌みなほどに整った顔立ちが、そうして白い歯を見せて笑うと屈託のない子供っぽい印象に変わる。

「…お、おう、ちょっとスクラムの間にボーッとしちまってな」

まさか、おまえのことを考えていたせいだとも言えず、中西はしどろもどろになる。

それでも、友人の灼けた肌の上を伝う水滴に目が吸い寄せられ、そこから目を離すことができない。同性でも、さっき水飲み場でラグビー部の連中の半裸を見ていた時は何ともなかったのに…と、下腹部に漲《みなぎ》り始めた妙な充実感を隠そうと、中西は汚れたラガーシャツを突っ込んだスポーツバッグをやや不自然な位置に上げる。

しかし、古谷はそれ以上は何を言うでもなく、さっさとフェンスに掛けてあったタオルを身体にはおると、着替えてくるとだけ言って更衣室へ入っていってしまった。

「待たせたな」

五分とかからないうちに、ジーンズに白のポロシャツという私服に着替えた古谷は、更衣室から濡れた髪のままで出てくる。

元は漆黒の堅い髪質の友人は、カルキのせいで赤く灼けた髪のサイドや後ろをじゃまにならないように短く刈り込んでいたが、前髪だけは目を覆うほどの長さまで伸ばしている。古谷は目にかかる濡れたままの前髪に鬱陶しそうに目を細めながら、当然のような顔で中西に鞄を投げて寄越し、首から下げたままのスポーツタオルで無造作に髪を拭いながら校門に向かう。

西宮市のかなり山手の方にある高等部の校舎は、緑豊かな六甲山系の一つ、北山に面している。日の傾きかけた今も、周囲の山々は目に痛いほど青々としていた。

木陰に入ると涼しい山風が頬を撫でることもあったが、真夏の日射しにあぶられ続けた地面の放射熱のせいで、気温は容易には下がらない。さらにその暑さを煽るように、いったんは鳴きやんでいた蟬が、また勢いづいてやかましく鳴き出す。

「待っててやるから、せめて髪ぐらい拭いてこいよ」

鞄の中から取りだした下敷きを団扇《うちわ》代わりにばたばたとあおぎながら言う中西に、うん…と生返事を返しながらも、古谷は髪を拭い続ける。

ざっと髪を拭き終わったところでタオルを鞄の中に放り込み、まだ湿り気を残した髪を手櫛でさくっと後ろに撫でつけると、後は髪が自然に乾くに任せている。身だしなみには普段から気を払い、二週間に一回は床屋に行くくせに、そういったところは古谷はまだひどく幼く、飾り気がなかった。

バスがちょうど行ったばかりだったので、駅に向かってのんびりと坂道を下ってゆく途中、雑貨屋でいつもと同じようにソーダ味のアイスキャンディを買い、頰張りながら歩く。

高校二年の夏、同じ神戸のN高と並んで、有名国公立大学への進学率を誇る私立K学院中等部からの持ち上がり組の二人は、なんだかんだとつるみ続けて五年近くになる。

いつ頃からかは定かではないが、中西はこの友人がどんなに露出過多なＵＳＡ産のポルノ雑誌よりも、よっぽど自分にとって悩ましい存在であることを自覚し始めた。以来、豪快さを旨とする中西にしてはかなり慎重に、古谷との正しい距離を保つために努力してきたつもりだった。

古谷という友人は、客観的に見てもけして中性的なわけでも、保護意欲をそそる可愛らしいタイプというのでもなかった。

むしろ、同性から見てもすらりと背の高い、いわゆる美形、かっこいいといった形容の似合うタイプの少年だった。さすがに、縦も横もアメフトの社会人選手並みにある中西の横に立つとほっそりとして見えるが、体格的には普通の大人と比べても遜色ないほどのしっかりとしたものを持っている。

一時はよっぽど自分が男にしか興味が持てなくなってしまったのかとまで思い悩んだが、結局、古谷以外の男達にはかけらほどの魅力も感じられないことに気づき、思い直した。むしろ、今まで通りに華奢《きゃしゃ》な手足、胸と尻とには豊かな丸みのある女達には十分興味をそそられる。

しかし、日に灼けた肌を持つ、いつも長い四肢を持てあましたようなこの友人だけには、なぜかどんな魅力的な女達も太刀打《たちう》ちできない、恐ろしいほどの欲望を感じた。

むろん、古谷にもこの気持ちをわかってほしいという期待がちらほら頭をもたげないわけではなかったが、かといって自分にとってかなり真摯《しんし》で純粋でもある想いを、安易な接触が目当てのホモッ気と思われるのもしゃくだった。

今さら中西にとってもかなり快適な古谷との友人関係を壊すのも嫌で、当然のような顔でその親友という位置を占めたままでいる。

「ああ、月が出てるな」

ゆるい坂道を下りながら、まだ十分に青く明るい東の空に白い月を見つけ、古谷は最近になって少し視力の落ちたという目を細め、翳りかけのソーダ色のアイスキャンディの先で空を指す。

「そういえば、今日の進学調査票、どこ書いたんだ？」

かさ高い積乱雲の横に浮いた白い月よりも、友人の日に灼けた形のいい鼻梁《びりょう》と、空色の冷菓を咥《くわ》えた濡れた唇に見とれかけていた中西は、不自然なほどに古谷の顔を注視していた自分に気づかれたのではないかと動揺して、無理から次の話題を振る。

「うん、K大の医学部を志望しといた」

古谷の家は弁護士である父親と、古谷より二つ年上の姉と、古谷自身の三人家族だった。母親は、古谷が小さい頃に亡くなっていてもういない。

そんな家庭環境と、生まれ育った屋敷に対する思い入れとで、かねてより自宅から通学できる関西圏の国公立大学を志望していた古谷は、特に気負った風もなく笑って言った。

古谷の家は、芦屋の閑静な住宅街の一つである山手町の一画にある。昭和の初期に建てられ、空襲にも焼け残った古い建物で、三百五十坪ほどもある広い敷地の中に、母屋《おもや》の他に土蔵と離れとがあった。

けしてきらびやかではなかったが、日本家屋の造りに、神戸で盛んだった異人館風の建築様式を巧みに混ぜ合わせた見事な屋敷は、穏やかで温かな、居心地のいい空間を内包している。伝統的というほどに古めかしくはないが、大事に扱いたくなるような年月、穏やかな歴史を積み重ねてきた家。控えめで細やかな細部の装飾、余裕と遊びのある空間など、中西の知る限り、一番居心地のいい家でもある。

古谷にとっても、あの家は家族的なぬくもりの象徴でもあるのか、昔からとても大事に思っていることを中西はよく知っている。それは他人や他の物事にあまり執着を見せない友人の、唯一の執着ともいえた。

「親父さんの跡は継がないのか？」

「迷ったけど、俺はもともと理系だし、父さんもそれでいいと言ってくれた。むしろ、跡を継ぐとか継がないとかにとらわれずに、自分のやりたいことをやれって」

「…ふぅん。

なら、俺もそこへ行くぞ」

間髪を入れずに言い放った中西に、さすがに今度は古谷も目を丸くした。

「おまえ、俺も行くって…、自分の将来のことなんだから、もう少し真面目に考えろよ。

それに、行きたいからって、そうそう簡単に入れるようなところじゃないぞ」

「いいや、一応、前々から考えてたことだからな。

俺の家は親父がサラリーマンで、おまえの家みたいに跡を継ぐ、継がないの問題もないし、K大を志望しているなんて聞けば、親父はきっと両手をあげて大賛成だ。

俺みたいな将来に確固たる指針のない奴は、とりあえずおまえみたいに先をしっかり考えている奴についていっておけば間違いない。どうせ俺みたいなバリバリ理系な人間は、法学部行って弁護士や裁判官になれって言われても無理だしよ。医学部に行っても、その気になれば卒業後に普通のサラリーマンになることだってできるんだし、何の問題もないさ。

それにK大には憧れのギャングスターズがあるしな。見てろよ、絶対におまえ一人じゃ、近衛通りは歩かせねぇ」

握り拳を作って力説する中西に、古谷はそんなものかと呆れ顔で残りのアイスキャンディを齧った。

II

期末考査も終わり、夏休みを前にして最後のホームルームの休み時間、男子生徒ばかりの教室は浮き足だち、教室は野太い声が騒々しく飛び交っていた。高等部からは私服となるため、騒いでいる姿は妙に和やかだ。

連日の真夏日で、午前十時には最高気温が三十二度を記録している。開け放した窓辺に強い日射しを遮るために引かれた卵色のカーテンすらも、どことなく熱気を孕《はら》んで暑苦しかった。

黙って座っていても自然と汗が滲むほどの教室で、中西は窓辺の後ろから三列目の古谷のすぐ後ろの席へと移動していた。

昔から低血圧気味で暑さに弱い古谷は、同級生達のように騒ぎまわる気力を持てないらしく、長い脚をいくぶん持てあまし気味に、気怠そうに目を細めて下敷きであおいでいた。

「じゃあ、親父さん、見せてくれるってか？」

その巨軀を支えるには小さすぎる椅子に足を組み、中西は一緒になって下敷きで古谷をあおいでやりながら尋ねた。

「ああ、今作ってるのは『ラ・プロテクチュール』。フランスの砲門数六十四の小型戦列艦」

神戸育ちに見られるほとんど関西訛りのないいつもの話し方で、古谷は下敷きを使いながら、返却されてきた現国の答案用紙の裏にシャーペンで船の大まかな形を書いてみせた。しかし、その声は暑さのせいか、すっかり抑揚を欠いてしまっている。

理系といっても、中西のような突出して理数系の数字のみがいいタイプとは異なり、古谷は全体的にバランスの取れた成績の持ち主で、趣味やスポーツもおよそ万能選手ともいえるマルチな人間だが、どうも興味のないことやテンションの下がっている時、体調の優れない時などにはあからさまに声や表情などにその様子が表れる。隠れた気分屋で、特に声に表れる反応が顕著だ。

古谷もさすがに見知らぬ人間の前ではそれを露骨に示すほど馬鹿ではないが、親しい中西などが相手だと友人としての甘えもあるのか、あまりそれを取りつくろおうとしない。人間的にはほとんど欠点らしきもののない古谷の玉に瑕《きず》ともいえる悪い癖だが、中西のほうは惚れた弱みでそんなところまで可愛く子供っぽく思えてしまうから、重傷だった。

今回、古谷の父親の数年来の趣味である帆船模型を、最近になって古谷が一緒に作り始めたと聞き、見せてほしいと言い出したのは中西だった。

初めて古谷の家の居間のサイドボードの上に飾られた見事な帆船模型を見た時は、中西も歓声を上げたものだった。丁寧に再現された細やかなパーツ、きっちりと手順を追って組み上げられたマスト、甲板で鈍い光沢を放つニス。きっちりと船の基本構造をふまえていないと作れないと説明され、足りない部品などは自分の手で作ると聞いた時には、高尚な大人の遊びだと思った。

　中西君も神戸っ子だしね、船の構造を覚えておいても損はないよ、こんなクラシックな船の構造が…と思えるかもしれないけれど、こうして何百年にもわたって研究された船体構造なんかが今の船の基本に十分つながってるんだからね、長い人生だ、一見無駄に思えるようなこんな知識でもいつか君の人間的な厚みのひとつになるかもしれないし…、中西が帆船模型に興味を持ったことが嬉しいのか、古谷の父親は丹念に船の構造を図に描いて解説してくれた。

　古谷の父親と面と向かって話し込んだのは初めてだったが、古谷にどこか似た洗練された雰囲気を持つナイスミドルで、まだ高校生の中西相手でも侮るような様子もなく、いずれ古谷もこうなるのだろうかと予想されるような、穏やかで知的な話し方をする人だった。


　もともとは実船を作る際に、船を設計図通りに完全に縮尺して作ったのが、帆船模型の起こりだという。船体構造を完全に把握した上で小さな木片を一年以上もかけて地道に何ヶ月、時には何年もかけてこつこつと組み立ててゆく帆船模型は、確かに立派な大人の趣味といえるだろう。

　年齢柄、そろそろプラモデルだけでは飽き足りなくなった二人には、この帆船模型作りはひどく魅力的に映った。

「今、甲板を張ってるところだから、夏休みが空いてるようなら、泊まりがけで何日かやっていってもいいって」

「本当か、本当にいいのか？」

勢い込んで尋ねる中西に、古谷は笑って頷く。

そこへ、ちょっと、ごめん…と、クラスメイトの山本《やまもと》が声をかけてきた。

「古谷、おまえ、今、つきあってる子いたか？」

「いや…、いないけど」

机に頬杖をついたまま、古谷は山本を見上げた。

「あ、よかった。俺の知り合いにO女に行ってる子がいるんだけど、毎朝、古谷のこと電車で見てるらしくて、おまえとお近づきになりたいって言うから…、どうかと思って。

結構、可愛くて人気のある子なんだけど」

「どうかって…、俺、その子に直接会ったわけじゃないから、何とも言えないけど」

「まぁ、そうだよな、そうなるわな」

古谷の呟きに、山本は確かに…と頷《うなず》く。

「どうしてその子、自分でそう言いに来ないの？　友達になりたいとか、つきあいたいっていうことなら、おまえに頼まずに直接自分で言いにくればいいのに。そうしたら俺も、この子は気が合いそうとか、合わなさそうとかもはっきりわかるし…。

俺が自分で言いにおいでって言ってたって、伝えておいてよ」

古谷は、ずいぶん罪のない笑顔で言う。

「わかった、そう言っとくよ」

聞きようによっては横柄なその言い分も、古谷の言い方があまりにも自然で、あまりにも嫌みがないため、山本も思わずつり込まれて笑っている。

妙なこと言って悪かったな…と、山本が言ったあと、中西は古谷の腕を小突いた。

「つきあわないのか？　可愛いって言ってたぞ」

「つきあうも何も、俺、そのO女の子のこと、何も知らないからなぁ」

もともとの育ちの良さそのままに古谷の気質は飾り気がなく、おおらかにものごとをとらえて屈託がない。

「おまえ、ガツガツしてないっつーのか…、欲がないよなぁ。向こうは好きだって言ってるんじゃないか」

もともとの地声の大きさで、告白された古谷にではなく、告白した少女へのやっかみを込めて言った中西に、古谷は肩をすくめる。

「その好きだって言葉がな…、あまりに軽くて中身がないように思えるから、俺、あんまり好きじゃないんだよ。

本当に好きだと思ったら、俺は相手にそんなに簡単に好きだなんて言えないよ。恥ずかしいし、照れくさいし…」

「そういうもんかね？

おまえみたいな男に好きだって言われて、喜ばない女なんていないと思うけど」

中西は多少の安堵を覚えながらも、首をひねった。

すっきりと背の高い、下手な俳優ではおよびもつかないほどに整った容姿の古谷を一度は見ておけという意味で、最近では『古谷詣《もうで》』という言葉が阪急線を利用するいくつかの女子校の間で出来つつあるという。古谷がいつも乗り降りする電車のドアは、そこだけ奇妙に女の子の密度が高いと、もっぱらの噂だった。

中西もまったくもてないわけではなかったが、とても古谷の比ではなく、古谷目当ての少女達の前ではただの添え物と化すのが常だった。

ラッシュ時にその周囲に固まり合い、牽制し合う少女達の間で、時折勇気のあるものが果敢にも古谷に声をかけてくる。そんな場面を何度も目撃され、やっかみも入り混じり、すでに『古谷詣』の噂は伝説化しつつあった。

それでも古谷が女の子のとつきあい始めてから、別れるまでの周期はあまり長い方とは言えない。楽しく話が出来ればいい程度の認識しかまだない古谷に、少女達の要求するものが多すぎるのが常にその原因だった。

好きだとか、愛しているとか…、彼女たちの使うそんな言葉があまりにも軽々しく、安易すぎて信じられないのだと、いつも友人は苦笑してみせる。

外見が大人っぽいせいでもの慣れて取られがちだったが、そんな古谷を見るたびに中身はまだまだ子供っぽい部分が多いのだと、中西はどこかで安堵する。

今日もそんな友人の言葉に安堵を覚えながら、中西は古谷が続ける帆船模型の解説に目を落とした。

ホームルーム中、教師のどこか間延びした声をよそに、開け放した窓辺の席で暑さに負けた古谷が、机に頬杖をついてうたた寝をしている。

額に落ちかかる長めの髪がカーテン越しの日射しに赤く透け、時折風に仄揺れる。

中西はすぐ斜め後ろの席から、その友人の日本人離れして彫りの深い、やや面長な顔を盗み見しながら、見かけによらず器用な動きを見せるその大きな手で、ノートの上に古谷の涼しげな目許あたりをスケッチしてみる。

きれいにプレスされた半袖シャツの柔らかなブルー。清潔な汗が、その襟足に少し光っていた。うとうとしている古谷に、よくもそんな無防備な表情を自分に晒してくれるものだと、中西は内心恨めしくもなる。

夜、中西が思い描く映像がどれだけ生々しいものかを知れば、そんなに簡単に自分の目の前で寝顔を晒すことなど出来ないはずだった。

ノートの上の古谷の目の上にかかる髪をシャーペンの先で丹念に黒く塗りつぶしながら、中西は小さくなった消しゴムを、まどろむ古谷の頭に向かって投げる。

決まって寝起きのよくない友人は、しばらくの間をおいてゆっくりと振り返り、反撃するほどのことでもないと判断したのか、肩越しに軽く中西を睨むとすぐにまた寝入ってしまった。

今の流し目は色っぽかったとやに下がりながらも、群がる女達に古谷がまだ本気にならないから、自分はどこかで鷹揚《おうよう》に構えているのだろうか、と中西は考えてみる。

どうせ自分が気持ちを打ち明けてみたところで、古谷は男などにはとんと興味がないだろうから、中西を受け入れようとするとは思えない。そんなことは、もとよりわかっている。

しかし、いつか古谷が本気で入れ込む相手が現れたら、それが妻であれ、恋人であれ、中西は嫉妬せずにいられるだろうか。自分がそんなに器の小さい人間だとは思いたくなかったが、そう素直に祝福できるものでもないだろうとも思う。

いっそのこと、一人の女を共有する斬新な関係というのはどうだろう、流行りでいいのに…と、それを提案した時に見せる古谷の表情なども思い描いてみる。

もともと古谷とは、同じ大学を志望するつもりだった。古谷が医者になりたいというのなら、必ず自分も医者になる。父親の跡を継いで弁護士になるというのなら、自分も死ぬ気で司法試験を受ける。サラリーマンになるというなら、絶対にその後を追いかける。

いつも一緒にいたい、などと生やさしいことは言わない。必ず同じ道を歩き、必ず古谷の歩む道を見届けてみせる。そのゴールを見極める。古谷が走るというのなら、自分も共に走ってゆく。遠回りするというのなら、自分も一緒にのんびりと歩いてゆく。

そうして、必ず一生そばに在る。半端な気持ちで、親友などに惚れ込まない。そこまで思ってこの、男惚れだと覚悟もしている。

端正な横顔を晒したまま、友人はうとうととまどろみ続ける。

そうやって、しばらくは安らいでいるといい…、中西はスケッチを完成に近づけながら微笑んだ。

行く末がどうであろうと、きっと中西は一生この位置にぴったりとつけ、ずっとこの男と共に歩いてゆくつもりなのだから。

III

日が傾く頃に、一学期最後の練習が終わる。

蟬たちがさらに暑さを煽るように鳴き立てる中、陽炎《かげろう》の立つ熱しきったグラウンドに監督の熱意が形となった地獄のようなハードプログラムをこなしたチームメイト達が、ばたばたと倒れ込む。

泥だらけのラガーシャツを脱ぎ捨て、タオルを首から下げたままコンクリートの水飲み場で蛇口を上向きにし、頭から生ぬるい水をかぶる。そして、中西はもはやそれが癖になっているかのように、プールの方を振り返る。

水泳部もちょうど練習が終わったらしく、コースロープを部員が一斉に巻き上げているのが見えた。

中でもひときわ背が高く、際立ってスタイルのいいのが古谷だった。

ほとんど毎日の慣習で、火に吸い寄せられる灯虫のように、かぶった水で濡れそぼった全身をタオルで拭きながら、中西は半裸のままプールサイドのフェンスに寄ってゆく。

最後の号令がかけられると、水泳部は皆、我先にとシャワーの下へとやってきた。

「古谷！」

ゴーグルと水泳帽を片手に少し遅れて階段を下りてゆこうとしていた古谷を大声で呼ぶと、まだ高い西日に目を眇《すが》めながら、友人はフェンス越しに中西の姿を認めた。

「終わったのか？」

その通り過ぎる深みのある声は、ややもするとかえって気怠いようにも聞こえる。

「今日は走らされてなかったんだな」

「この炎天下、そう毎日走らされてたまるか」

中西は腕組みしたまま、顎を反らせる。

「何か着てこいよ。ゴツい男が、裸のままいつまでもうろうろするな」

自分よりもさらに大柄で筋肉質な中西をわずかに見上げ、古谷はおもしろそうに唇の端を曲げた。

「おっ、見たいか？　このワタクシの筋肉美を」

では、リクエストにお応えして…、と上半身裸のまま、ボディビルダーのようにポーズを取ってみせる中西に、つきあっていられないとばかりに古谷は肩をすくめて行きかけ、そして何か思いついたのか、戻ってきた。

「おまえ、夏休み中は練習あるのか？」

「いいや、そうまでするほど、うちのチームは強くないからな」

フェンス越しに真正面に立たれ、やましさから少し動揺しながらも、中西はしげしげと濡れたままの古谷の灼けた肌を見てしまう。

身長は自分の方がわずかに高いはずなのに、腰の位置は古谷の方が高い。胸部から腹部にかけて、伸びやかな筋肉がきっちりとついている。きれいに筋肉の乗った長い手脚は、しなりのある強靭さを秘め、自然と目が引きつけられる。

ちょうど古谷の引き締まった腹部を伝う水滴が、どこに伝い落ちてゆくかを目で追いかけた時、ザンッ、と金網が派手な音を立てて揺れた。

鼻先でぎしぎしと、フェンスが反動で揺れ続ける。フェンスぎりぎりのところまで吸い寄せられるように鼻先を寄せていた中西は、いきなり視界を塞いだものが何かを理解できないまま、面食らう。

「何見てる？」

腕を組み、高々と中西の顔のあたりまで長い脚で金網を蹴り上げた古谷は、それが癖にもなりかけている独特の甘い上目遣いで、蹴り上げた脚をそのままに笑った。

こいつは何もかも知っていやがったのだと、知っていて知らん顔を決め込んでいたのだと、中西は顔から火が出るような思いで、さっさとバスタオルを肩からまとってしまった古谷を、フェンス越しに並びながら追いかける。

「おまえ、知ってたな」

「何を？」

古谷は長めの前髪を後ろに手櫛で撫でつけながら、おそらくその気はないのだろうが、恋い焦がれる中西にとってはかなり罪な流し目をくれる。

「畜生っ、俺が毎晩、おまえのことで悶々としてることだよ」

「頼むからそんな大きな声で、俺のことで悶々としているとか言うのは、よしてくれ」

どこまで本気かわからないような淡々とした言い方で、早くおまえも着替えてこいと言い残し、古谷は更衣室へと消える。

ばれてしまったのならしょうがない、どうも古谷には今すぐに自分とは口もきかない、これきり縁を切って絶交するなどという気もなさそうだと見当をつけると、逆に中西は観念して腹をくくってしまった。

部室まで戻らず、植え込みに掛けたままになっていたジーンズとTシャツに着替えると、さして長くは待たせず、古谷は着替えて出てきた。

蟬がまだうるさく鳴き立てる中を、二人は肩を並べてゆっくりと通用門へと向かう。水泳部の練習が運動部で最後のものだったのか、アスファルトの灼けきった通路にはすっかりひとけがなかった。

「なあ、おまえ、いつから気づいてたんだ？」

「さあ、いつからかな？　ずいぶん露骨な目で、俺を見てるなって思ってた。

別に押し倒されるんでもなきゃいいかとも思ってたけど、さすがにさっきのはあまりにおまえがキテたみたいだったから、ちょっと危機を感じて」

いったい、どれほどの危機を感じたというのか、涼しい顔で友人はさらりと言ってのけた。

「おまえ、俺のこと気持ち悪いとか、ヤバい奴なんじゃないかとか、そんな風には思ってないのか？」

中西の問いに古谷はわずかに肩をすくめたが、別に…と首を横に振った。

「おまえは気持ち悪くて、ヤバい奴なのか？」

自分よりもわずかに背の高い中西を見上げ、古谷は顎を少し引いたまま、悪戯《いたずら》っぽい笑い方をする。

この笑い方がくせ者なのだと、中西は頭を抱えた。

古谷に対して友達以上のやましい感情がなかった時は、友人の考えていることが何一つわからないと思った時はなかったのに、想いを燻《くすぶ》らせ始めた頃から、たまに古谷が何を考えているのかよくわからなくなる瞬間がある。相手に自分が期待しているような感情を持ってほしいと思うから、相手の考えが見えなくなるのだと、中西は薄々気づいていた。

理屈はこれまでにつきあった女の子達と一緒だった。よく女という生き物がわからないと思わされた瞬間があったが、それは古谷にしても同じだった。友人としてではなく、相手に好かれたいと思う自分の下心が、相手の行動を不可解なものにしているのだと。

「おまえに惚れてるんだ、好きなんだ、仕方ないだろうっ」

もともと地声の大きな中西の声は、ひとけのないあたり中に響いた。

「俺は、『好きだ』っていう言葉、そんなに好きじゃないぞ」

古谷はわずかに首を傾け、おもしろそうな表情を作った。

「他に何とも言いようがないんだ、黙って聞いておけよ」

半ばやけになって、中西は呟く。

長い下りの坂道、両脇から蟬の声が降ってくるようだった。しばらく、それに関しては何も言わずに古谷は坂道を歩いた。

「…それっていうのは、俺を抱きたいっていう『好き』なんだよな？」

蟬の声だけが響く沈黙に中西が耐えられなくなった頃、ようやく口を開いた古谷が、だめ押しするように尋ねた。

「別に…、俺も男だから、当然、抱かれるよりは抱きたいって思うが…、おまえがどうしても受け身は嫌だっていうんなら、俺が受ける方にまわってもいい…」

低い声で考え、考え、答える中西に、うーん…、と古谷は首をひねった。

「ちょっと悪いけど、おまえをそういう対象で見るのは、俺には無理かな…」

「それなら、それでもいい。もともと、おまえが嫌がるのを無理にどうこうしようなんて、思ってない」

ああ、と古谷は白い歯を見せる。

「だから、黙ってたんだよ。下手にこんなこと言い出して、おまえとどうにもならなくなるのも馬鹿らしいからな」

知っていたのだと笑う友人に、中西はお手上げだと両手をあげ、降参の意を示した。

つまらないことを言い出して、今の関係を壊したくないと思っていたのは中西だけではなかったのだ。せめて、それだけでも救いだと納得する。

そして、出会った頃の中学生だった時に比べ、頬の丸みが消えた古谷の顔をしげしげと見た。

「なあ、一回だけでもイヤか？」

若干、悲壮味を帯びた声に、古谷は声を立てて笑った。

「それはなぁ、ちょっと勘弁してくれよ。おまえが俺のことで、毎晩何を思おうと、何をしようと自由にしてくれていいから」

そうか、と肩を落とす中西に、なおのこと古谷は屈託なく声を上げて笑い続けた。

「…おまえ、笑いすぎだよ。俺がこんなに真剣なのに…」

中西はぼやき、自分たちが長く影を落とす、西日に赤く染まったアスファルトの坂道を見下ろした。

「…もし、おまえが駄目なら、…俺、いつかおまえが本気で惚れ込んだ女が出てきた時、その女と寝てみたいって思うかもしれないぞ」

吐き出すように低く呟いた中西に、古谷はようやく笑うのをやめた。

「俺の女とか？」

それでもどこか楽しげな古谷を、中西は恨めしげに睨んだ。

「ああ、恋人かもしれんし、嫁さんかもしれんな。おまえがどうしてもイヤだっていうのなら、おまえの執着した相手を知りたいって思うかもしれん」

面倒なことを言い出す男だと、古谷はまた少し笑ったあと、やや真面目な顔を作った。

「本当におまえは、おかしなことを言い出すな。だから、おまえと一緒にいたいと思うんだ」

そして中西に、目をつぶれ、と言った。

殴るつもりなのかと、それだけのことは十分に言ったはずだと、中西は観念して立ち止まると目を閉ざし、殴られる衝撃に耐えるために歯を食いしばった。

横にいた古谷の身体から発散されていた熱が、前へとまわり込む気配がした。

背中に西日の熱を感じる。目を閉ざしても、瞼の裏側は赤く西日の色を残していた。さっきまでやかましく鳴いていたアブラゼミなどの声に混じって、カナカナカナとどこかもの悲しいヒグラシの声が聞こえた。

ふっと前にまわった古谷が伸び上がると、唇に温かいものが触れた。

中西は、驚いて目を開ける。友人の秀麗な瞼が閉ざされて、すぐ目の前にあった。すっきりと高い鼻梁も、すべてが目の前にあった。

友人が伸び上がって、自分に口づけているのだと悟るのに、中西はそれからまだしばらくの時間を要し、かちこちに固まったまま、でくの坊のようにその友人からのキスを受けた。

どれだけの時間、そのキスをしていたのかはわからなかった。一瞬のようでもあり、数十秒に及んだようにも思えた。ただ、唇を触れ合わせただけの乾いたキスだった。

「これで勘弁してくれ。これ以上は、ちょっと俺には出来そうにない」

唇を離すと、閉ざしていた目を開け、息の触れ合う距離で、古谷は恐ろしく深い色の目で中西の目を覗《のぞ》き込んできた。目を見開いたまま、中西はがくがくと何度も頷いた。

キスをしたのは初めてではなかったが、頭の先まで一気に電流が走ったようで、かつてキスをしたどんな相手とよりも動揺し、舞い上がっている。

いつの間にか聞こえなくなっていたやかましいほどの蟬時雨が、いきなり耳に飛び込んできた。

気がつくと、無意識のうちに握り込んでいた手のひら全体にべったりと汗をかいていた。

古谷は何事もなかったかのような涼しい顔で、横を歩いていた。

おそらくきっと、自分は赤くなったり青くなったりしながら、こわばった顔で歩いているのだろうと、中西は赤く染まった積乱雲を見上げた。

「…お袋が、…おまえが次はいつ遊びに来るんだって、やかましく聞いてた」

ようやく口を開いた頃、甲陽園の駅の屋根が見えるほどになっていた。

「ああ、どうせ三日とおかずに行くと思うよ」

淡いブルーの半袖シャツで鞄を肩に担いだ古谷は、いつも通りの笑みを浮かべていた。

「うちのお袋、おまえのファンだからな」

鞄から定期を取り出しながら、中西もようやくいつもの笑顔を作ることが出来た。

「来たら来たで、また泊まっていけってうるさいんだ」

改札を並んで通り、ホームへと上がった。

高校二年の、一学期最後の日だった。

END

河原町

古谷ら、大学二回の秋に

ガツ、ガツ、ガツッ…、アメフト特有の防具のぶつかり合う音に混じって肉のぶつかり合う音、呻き声、怒声などの鈍い音が立て続けに起こる。

「…いっつ…」

地面に転がった木下《しのした》の呻きは、口に咥えたマウスピースの中でくぐもった。

古谷《ふるたに》がクォーターバックからのパスを受け、得意の俊足でラインをかいくぐって走り出したのは見たが、次の瞬間、長身の友人に向かって数人がかりの凄まじいタックルが向けられた。

危ない…、と思った瞬間には古谷の脚は宙に浮き、そのまま不自然な角度でもんどりをうって倒れるのを見た。

背筋がひやりとする。大丈夫か、あいつ…と思った時には、木下自身も横合いからまともにタックルを食らって吹き飛ばされていた。

重いディフェンスの身体を押しのけるようにして立ち上がると、古谷がいたところはディフェンスが折り重なって小山のようになっている。下敷きになった古谷は何人もに覆い被さられて、まだ立ち上がれないままでいるようだ。

審判らが駆け寄ってゆくのが見えた。上に覆い被さっていた選手達をどけてもらい、古谷が片手を振って無事をアピールし、何とか立ち上がっている。

あんな危険な角度で身体が跳ねるのは、おそらくフェイスマスクに手をかけられたせいだ。案の定、木下の予想通り反則がとられる。

ボールを使った格闘技ともいわれる、過度に身体のぶつかり合うアメリカン・フットボールでは、選手の顔を守るためにヘルメットの前にフェイスマスクと呼ばれるパイプのガードをとりつけてある。

しかし、逆にヘルメットやこのフェイスマスクをつかまれ、直接、横合いから無理な力をかけられると、首などいとも簡単にねじ折れてしまう。そのため、このフェイスマスクに手をかけるのは非常に危険な反則とされ、重い罰が科される。

相手側K学のチームも、木下らのK大チームとの点差が開き始めているので、何としても攻撃を阻止せねばという焦りがあったのだろうが、さすがに今の反則は調子を上げてきた古谷を強引に潰《つぶ》しておけという腹も見えないではない。

ペナルティにより、K大は十五ヤードほど攻撃地点を進めて次の攻撃となる。ゴールであるエンドゾーンはもう目の前だった。

頚部に衝撃を受けたため、大事をとって古谷は選手交代となる。古谷の脚が宙に浮いた時には肝が冷えたが、とりあえずは無事なようでよかったとチームエリアに下がる古谷に声をかける。

「大丈夫か？」

長身の青年はまだ少し頭がふらつくのか、ヘルメットを片手で支えるようにして頷《うなず》いた。ゴツいフェイスマスクに隠すのが惜しいような端正な顔を、少し歪めている。

「ちょっとキツかった。まともにマスクつかまれて頭だけ引っ張られて転んだから…、まだくらくらする」

「だろうな、身体が宙で一回転してた。無理すんなよ」

古谷が片手を上げて応じ、木下は次の攻撃についてチームの司令塔であるクォーターバックからの指示を受けるハドルのために円陣に戻る。

オフェンスラインマンの中西《なかにし》が、同じように円陣につきながら、古谷の方へと気遣わしげな視線を送るのが見える。中西はオフェンスのチーム最前線で直接に敵チームのディフェンスラインとぶつかり合うポジションにおり、普段は万事明朗にして豪快な男だが、こと古谷に対しては過保護なまでの気遣いを見せる。

今年のK大アメフト部は、パワーと技術を兼ね備えた、関西学生チーム史上最強のランニングバックともいわれている主将の村越《むらこし》を中心にして、得意のランプレイを武器に快進撃を続けている。

古谷を含むランニングバックとは、クォーターバックからボールを受け、直接にディフェンスの中に切り込んでいくポジションだった。

普通、ランニングバックには、古谷のように俊足と動きの切れの良さ、判断力などを買われて選ばれる者が多いが、さらに村越にはディフェンスサイドのタックルを受けても揺るがない、チーム一の小山のようなどっしりとした体格がある。

試合時の相手側ディフェンスを跳ね飛ばす村越のあのスピード、パワーは中西らオフェンスラインマンにもまったく遜色ないものだった。身長は中西とほぼ互角だが、体重はゆうに百十キロを超える。身体の前後左右の厚みも日本人離れしており、当初、木下がずいぶん体格がいいと思った中西よりもさらに二回り以上もゴツい。体格、能力共に社会人選手をしのぐと言われている伝説の男である。

加えて木下を含め、同じ二回の中西、古谷ら身長一八〇センチを越える体格に恵まれた選手もそろっており、チームのプレイの質が非常に高くバランスがとれていると評判でもある。

今のところ、ジャンプ力と粘りに定評のある木下はワイドレシーバーのポジションにいる。ランプレイ中心のチームだと、とかくワイドレシーバーは手持ち無沙汰になりがちだったが、村越の場合はボールを持って走る上にさらに正確なパスも繰り出すので、攻撃に厚みがある。試合中は常に気を抜けないが、こんなに精神的に高揚するゲームもない。身体と同時に、常に頭がフルで働いている感覚が、木下は好きだった。

ハドルでは、やはりエンドゾーンを前にして、あとはタッチダウンを狙って攻め込むのみだとの指示が下る。

選手がハドルを終えたことを受けて、応援席の歓声がひときわ高まる。

気持ちのよい高揚感と興奮とに包まれながら、木下はポジションについた。


K大の圧倒的な優勢のままハーフタイムに入り、チームエリアに下がった木下は、古谷が頰にガーゼを当て、ヘルメットを外した姿で立っているのを見た。

肩を大きく見せるショルダーパッドのせいもあるが、日本人離れして頭が小さく、すらりと手脚が長くてスタイルのいいのが目立つ。

立ち姿ひとつとっても洗練されていて、どちらかというとこのK大サイドにいるよりも、向かいの私立大であるK学のチームにいた方が様になりそうな男だ。実際、芦屋にある古谷の家からだと、K学のある同じ神戸の西宮の方がK大に通うよりもはるかに近い。

大阪の大衆的な街並みの中で育った公立高校出身の木下から見てみれば、目の前のK学はいかにも神戸風のしゃれた校風を持つ私立大学で、見場がよく、着ている服装や雰囲気などが飛び抜けてあか抜けた古谷などは、まさに典型的な神戸ッ子に見える。

古谷は自分の容姿や雰囲気をちゃんとわきまえているが、育ちからくる鷹揚《おうよう》さなのか、それを特に鼻にかけた様子もない。これで性格が嫌な男なら木下も敬遠するところだが、実際に話をしてみると話題が豊富で興味の幅が広く、本当に頭がよくて面白い男だということがわかる。

その回転の速さ、察しのよさのせいか、若干、気まぐれなところもあるが、それを含めても友人として十分に魅力的な存在である。

「おい、首、大丈夫か？」

中西が性急に尋ねている。その庇護欲というのは、横から見ているとずいぶん面白いものだ。

「今は大丈夫だけど、一応、あとでレントゲン撮っとくようにってさ。まぁ、頭は打ってないから、明日にでも行ってくる」

それまでずいぶんな案じ顔だった中西は、それを聞いてにやりと笑った。

「放射線行けば、ただでレントゲン撮ってくれんじゃねーの？

あそこの講師の山内《やまうち》っていうのがちょっとイカレた骨格フェチで、男女ともに骨格の黄金バランスを求めていろんなレントゲン写真収集してるらしいんだわ。それで、何でも前からおまえがその理想的な骨格を持つんじゃないかって、目ぇつけてるって話だ」

「骨格の黄金バランスって、なんだよ？　うさんくさい」

古谷がいささかげんなりとした顔を作るのを、木下は笑って後を受ける。

「俺はマッドサイエンティストは、解剖学の助手だって聞いたぜ。名前までは知らんけど。なんでも、夏に研究室で窓の下通ってたおまえの姿見て、大胸筋、三角筋から上腕二頭筋にかけてまでの筋肉の配置、形状の美しさを熱く語ってたとかって。

見よ、諸君、あれこそが自然界のほんの些細な気まぐれから生まれいずる至上の美である…って、どこまで本当か知らんけど」

「どうせガセだろ？　そうやっておもしろがって、あることないこと勝手に足して尾ひれをつけていくんだよ、おまえらは」

低く溜息をつく古谷に、木下はにったり笑ってやった。

「骨格の黄金フェチの話は本当だろ。おまえが目ぇつけられてるっていうのも、ちょっとした評判だし…」

木下の言葉の途中で、中西は小さく口笛を吹いた。目はすっかり、向かいのK学応援席の方を見ている。

「おおっ、すっげー！　今、K学のチアーズ、空中で一回転してたぜ」

ハーフタイムのデモンストレーションなのか、青い揃いのコスチュームに身を包んだチアガールが高い掛け声を上げながら、難度の高い見事なダンスを披露している。

「いつも思うんだが、K学の女の子レベル高すぎ。女体のもてる曲線美を知り尽くしてて、さらにそれを計算した上で、まともにこっちに見せつけてくる動きだよな。あの色気をうちのガッコのチアーズにも、是非ご教授願いたい」

こう…、と中西は両手を大きく上に掲げて腰をひねり、胸を突き出すK学チアリーダー達の決めのポーズを真似してみせる。

木下は腕を組んだまま、苦笑した。

「よせよ、中西。おまえみたいなゴツい男が腰くねらせてると、悪い夢見そうだ。

第一、K学とうちの大学じゃ、もともと女子の絶対数が違うよ。K大なんて、男子校みたいなもんだからな。数少ない貴重な女の子が応援してくれてるだけでも、ありがたいと思わんと」

「いや、だって今日も女の子多いし。ほとんど、古谷目当てってのが泣けるけど」

中西は溜息混じりに女の子で埋まった応援席の方を振り返る。

うーん…、と木下もうなる。近隣大学の女子大生に加え、制服姿の女子高生の姿などもちらほら見受けられるのは、国立大のアメフト試合としては一種異様だった。

平均、関東よりも関西の方がアメフト熱が高いとはいえ、普段、アメフトの学生リーグ戦などはファンも限られ、試合時の観客数も知れている。わざわざ試合会場までやってくるのは、本当にアメフト好きな者や、出ている選手の血縁や関係者ぐらいのものだった。

しかし最近、新聞やテレビなどでも村越がクローズアップされるせいか、必然的に部員全体のメディアでの露出が増え、それら媒体で古谷の姿を見かけた者が押しかけているらしい。いくら露出が増えたとはいえ、まだまだマイナーなスポーツであるアメフトの試合情報などをどこから嗅ぎつけてくるのだろうか。

当の古谷自身はこの浮かれムードに辟易《へきえき》しているようで、頑《かたく》なまでにスタンドを振り返らない。うっかりスタンド側を向いた日には、応援の女性陣の手にしたカメラのシャッターが遠慮もなく切られるからだった。

自分の知らないところで勝手に写真を撮られるのは気分がよくないと、古谷はぼやく。中西も、古谷を追い回す女の子達の熱狂ぶりが、高校時代に比べてエスカレートしてきてるという。古谷は自分の本質を知らない人間に容姿だけで取りざたされ、勝手に好きだ嫌いだと盛り上がられるのには、心底うんざりしているらしい。

外見が突出して優れていても、古谷には古谷の悩みがあるらしい。最終的には、自分の本質を理解してくれる人間を必要としているだろう。頭はいいが、おそらくまわりがイメージするよりもはるかに繊細な人間なのだと、木下はこの魅力的な友人を興味深く分析していた。

「古谷、首は大丈夫か？」

副将の島崎《しまざき》が古谷に声をかけてくる。かたわらには主将の村越が立っている。

「あ…、はい。ありがとうございます」

古谷は小さく頷き、島崎に招かれるままに二人の側に寄ってゆく。普段よりも大きな手振り混じりで首から肩にかけてを示し、状況を説明しているのが見える。

心なしか、いつもよりは肩に力が入っているようだ。普段、気後れすることをほとんど知らないようなあの古谷でも、主将の前では緊張するのかねぇ…、と木下は微笑ましく思った。

何といっても、今やK大に村越ありといわれる、全国的にも名の通った選手である。

普通、村越のように体格が大きいと動きも緩慢なものになりがちだが、村越はそのゴツい顔や首、一分刈り近くまで刈り上げた頭、ウェアから覗《のぞ》く丸太のように太い腕からは、とうてい信じられないような怒涛のスピード、瞬発力の持ち主だった。その進路を阻むものを投げ飛ばし、敵チームからは暴走する巨大トレーラーなどとまで言われ、三人がかりでも潰せないと恐れられてもいる。

そしてその不屈のパワーのみならず、村越は試合中の判断力やプレイセンスにも卓越したものを持つ。常にどこのラインが空いているかを瞬時に判断し、ランプレイだけにとどまらず、そこからさらに正確なパスを送り出してプレイを奥行きのある面白いものにする。

昨年K大を日本一に導いたエースランナーで、学生達の間では生きた伝説であり、新聞や雑誌などでは関西学生リーグの巨星といわれ、木下や古谷らチームの後輩にとっては、もはや神や英雄にも等しい男だった。

試合を外れるとあまり多弁ではない村越だったが、主将としてこんなにも頼もしい存在はない。いずれは社会人リーグへと進むのだろうが、そうなるとますます伝説の人となるのだろうと思われる。

今、こうして共に同じチームで試合をしていること自体が、夢のようでもある。

普段はクールな印象の古谷も、さすがにこの伝説の男の前では少しはにかんだような、子供っぽい憧れの表情を見せるのもよくわかる。チームの英雄と共に試合の話をできるのが、純粋に嬉しいらしい。

当の村越も普段は無口だが、古谷には目をかけているのか、何かと声をかけ可愛がっているのがわかる。

当初、村越自身は古谷をクォーターバックに据えたがっていたようだが、中西、木下を含めて医学部は三回生以上になると授業や研究の関係上、練習に参加するのが無理になるため、結局、古谷は村越と同じランニングバックに収まった。

優秀なクォーターバックには、素質以上に何よりも試合の経験値が必須条件とされる。選手として試合参加できる時期が限られている以上、それが必然的な判断だったとはいえ、木下自身も古谷がクォーターバックとして活躍するゲームは少し見てみたいと思っていた。

何しろ、古谷はすこぶる頭の回転が速い。カードや麻雀、将棋などのゲームをやらせると、常に先読みしていろんな手を打てるタイプだった。

もともと木下が古谷と最初に親しく話したのは、教室での負け将棋を打開する斬新な一手を、同じチームのよしみだからと中西にこっそり耳打ちされたからだった。あとで聞いてみれば、手を考えたのは中西でなく古谷だという。おかげであの時は、掛け金を巻き上げられずにすんだ。

古谷という男は、普段は少し下がったところでクールに振る舞っているが、研究対象にしてみても一度興味を示したものにはとことん熱中して熱くなる。最初に隠れた気分屋なんだと笑っていたのは、古谷ともっとも近しい位置にいる中西だが、確かにそういう男だ。

熱さと理性を共存させ、人が思いもつかないわくわくするような斬新な手を展開させてみせる。村越が古谷に目をかけるのも、クォーターバックに据えて見てみたかったのも、おそらくそんなプレイができるからと見込んでいるからだと思う。

古谷という男には、ちょっと他の人間にはないような冴えたカリスマ性がある。普段の凡庸な日常の学生生活ではほとんど見えてこないが、このアメフトなどのような頭脳ゲームともいわれるチームプレイを共にしてみれば見えてくる。

熱く冴え冴えとした突出した才が、古谷の中にはあるのがわかる。

ただ、同時に中西の言うように、気分的なものによる脆《もろ》さ、場合によっては致命的な弱みにもなりかねない、諸刃の剣のような繊細さが古谷の中にあるのも事実だと思う。そして、その繊細さの中に、古谷が人を惹きつけてやまない稀有《けう》の魅力もあるのだろう。

そんな古谷の繊細な一面を支えているのが、中学高校と一緒の学校だったという中西だった。

これがまた、見てくれの体格と同じで内面もどっしりと深みのある、懐《ふところ》の広い面白い男だった。突出しすぎると人を寄せ付けないような雰囲気にもなる古谷が、周囲と問題なく丸くのんびりと調和しているのも、ひとつにはこの中西という男の存在があるのだろうと木下は思っていた。

中西は、古谷の持つ抜きんでたカリスマ性の一番のよき理解者でもある。時にきりきりと引き絞った弓のようにもなる古谷の尖った精神性を、押しつけがましくもなくうまく理解して包み込んでいる。

少し酔った時の古谷が『俺の財産』とも評したことのある、おおらかなその精神性は、確かに一緒にいてとても気持ちのいいものだった。中学の頃から一緒だという古谷が、うまく甘えているのが側にいてよくわかる。

古谷は回転は速いがやたらと喋《しゃべ》るわけではなく、話の要所要所を押さえ、相手の話を巧みに引き出しながらじっくりと人と話をするタイプで、意外に人の好みがはっきりとしている。一方で中西はおおらかで気さく、何事も豪快に笑い飛ばす反面、まわりに対してその見かけからは想像もできないような繊細な気遣いも見せる。

人というのは本当に面白いものだと木下が思うのは、こんな周囲の人間関係を観察している時だった。似たタイプはあれど、一人として同じ人間はこの世にはいない。

時に酒を飲みながら、つらつらとこんな話をすると、決まって古谷は興味深そうに木下の話を聞いている。そして中西は、楽しげに冗談を織り交ぜて話を混ぜっ返す。まだつきあいはそう長くはないが、最近の木下の中では一番愉快な時間でもある。

ゲームはゲーム、酒は酒で楽しいもんだよなと思いながら、スポーツ飲料を口にしていた木下は、スタンドの中に最近よく観戦に姿を見せるK女子大の女の子の姿を見つけた。

大学の友人なのだろうか、他の女友達を何人か連れて座っているが、勝ち気そうなかなりの美人なので、応援に来ている女の子達の中でもひときわ目立つ。

「中西、田宮《たみや》さんだっけ…、K女の子。

古谷とつきあってるんだよな？　今日も来てるわ」

かたわらでパッドを外して汗を拭いている中西に声をかけると、男は顔を上げた。

「いや、K女の子はちょっと話がこじれてて、まだつきあってるとかいう段階じゃないはずじゃねぇか。

それに俺、さっき古谷にご執心な山本《やまもと》さんだっけ、山木《やまき》さんだっけ？　N女の子。スタンドの前の方に座っててんの見たぞ」

中西の言うN女の女の子は、一度きりしか見かけたことがないので、あまりはっきりと顔は覚えていない。どちらかというと美人というよりは、小柄で可愛いタイプの子だったと思う。木下はどちらかというと美人タイプの方が好きだが、ふわふわとしたタイプが好きな男には受けそうな子だった。

N女の方はこのスタンドの中に見つけるのは無理だろうと思いながら、木下は首をかしげる。

「えーと…、それって三角関係なわけ？」

「いや…、多分、古谷はどっちも彼女にするつもりはないと思うよ」

「どういうこと？」

「さぁ、俺も詳しいことは知らんけど、古谷を置いて女同士で張り合ってるんじゃないの？　昔からよくあんのよ、当の古谷本人そっちのけで、女の子同士がどっちが彼女かって意識し合って揉めるのって。揉められるとさらに古谷が引くから、ヒートアップ。

家まで押しかけてこられたり、俺の家にまで電話かかってきたりで…、まぁ、古谷自身がどっちにも興味ないから、しばらくしたらほとぼりも冷めるって感じかな」

ふーん…、と木下は自分とは無縁の恋愛的な修羅場をいくつか経験しているらしい、友人の後ろ姿をちらりと眺めやる。

確かに女だったら心騒がずにはいられないような、魅力的な対象ではあると思う。

「美人だと思うけどね、田宮さん」

もったいない…、木下は呟き、まっすぐな長い髪を持つスタンド内の女の子を眺めた。

友達と一緒に座っているが、その目は古谷を懸命に追いかけているのがわかる。勝ち気そうでも、誰かを思う切ない恋心はわかる。

「木下は正統派の美人タイプが好きだよなぁ」

中西がからかうように声をかけてくる。

「うーん、自分のルックスがいまいちの分、やっぱ綺麗な子に目がいくよなぁ」

「いやぁ、言うほどおまえ、面構えは悪くないと思うよ。俺と同じで、古谷なんかの横にいると割食うけど。

『邪魔、もうっ、古谷君が見えない〜っ』とか言われてさ、ただの雑魚《ざこ》扱い」

高校時代の通学電車の中での出来事を思い出したのか、中西ははっはぁ…と大口を開けて笑う。

「おまえ、よく笑ってられるよ。共学とはいえ、学内じゃどこ見ても男ばっかりで、安下宿に帰っても一人。たまーに見る女の子は皆、古谷目当て。俺はちょっと寂しいよ」

木下のぼやきに、中西は何が嬉しいのかさらに相好を崩す。

「でも古谷もねえ、あれはあれでかわいそうなのよ。自分が本気になる前に、相手の方が熱を上げ過ぎちゃうからさ。

あいつがいつか本気になる相手がいたら、それは絶対、一筋縄じゃいかない相手じゃないかと俺は踏んでるんだが」

「俺はおまえのような悟りの心境にいつか至れるだろうか…」

口ほどの深刻さもない木下の軽口に、パッドをつけなおした中西は立ち上がる。

「見かけはすでに、虚無僧や破れ浪人みたいに枯れてていい感じなのになぁ」

背が高く、ひょろりとした身体つき、人好きのするどこか草食動物を思わせるのんびりとした容貌を持つ木下をからかって、中西は低く笑った。

「嬉しくない、嬉しくない」

それから二人、互いに腕組みしたまま相手チームの応援席に望み、K学チアリーダーの試合前の華やかなコールを堪能した。

充実した気分だった。

「それではーっ、今シーズン我々の優勝を祈願しましてーっ、再びカンパーイッ！」

すでに首まで真っ赤になり、すっかり出来上がった副将が床の間を背にした上座近くで立ちあがり、ジョッキを手に胴間声をはりあげ、今日何度目かの乾杯を告げた。

「うっす、カンパーイッ！」

大柄な男どもは、コップを手に口々にそれに応える。

部屋の間の襖《ふすま》や衝立《ついたて》を取り払った、学生向けの広い居酒屋はほぼ貸し切り状態で、やたらと図体のでかい男どもに占められている。

さほど身長はない者でも、ハードな身体作りのトレーニングによってみっしりと筋肉の乗った体格を持つため、貸し切りとなった部屋の中は異様な熱気と妙な圧迫感とで充ち満ちている。

「お姉さん、こっちに生ビール、ピッチャーでください」

「柿沼《かきぬま》ーっ、次、一升瓶三本ぐらい、頼んどけよ」

「三本で足りますか？」

「よーしっ、山下、まずは俺の酒を飲め」

「お前、段取り悪いよ、段取りがぁ」

部屋にはむっとする酒気が立ちこめ、野太い声が飛び交う。

木下らの在籍するアメフト部は一試合を終え、河原町のさる居酒屋を借り切っての打ち上げの宴もたけなわとなっている。

木下はビールを喉に流し込むと、満足の息を深くついた。

授業が忙しいため、さらに練習時間を加えるとなかなか他にあてる時間がなくて大変だが、それでもこれまで続けてこられたのは、このゲーム終了時の充実感のためだ。

「高岸《たかぎし》先輩がボールを受けるとだな、こう、こういう格好で見事にキャッチしたわけよ。すると向こうのオフェンスラインの…えっと、誰だったっけ」

敵のディフェンスと組み合う間、自分からは見えない試合展開を互いに色々と説明して試合展開を組み立て直す。熱心に説明する中西の手は傷だらけだ。

「日比谷《ひびや》」

ずいぶん酒が回ってきたのか、いつもより表情を柔らかく崩しながら、片膝を立て、柱にもたれるようにして座ったかたわらの古谷が、グラス片手に言葉を添える。

「そう、日比谷…」

中西は友人の言葉を受けながらも、その当の古谷に目を奪われているのがわかる。

木下はまた中西の悪い癖が出てきたと、苦笑した。

こうした飲み会になると、古谷はかなり酒に強い。顔色も変わらないし、足取りなどもほとんど崩れることがないので、そんなに酔った感じもない。事実、過剰に飲み過ぎて酔いに負けることを古谷本人が嫌うので、酔いつぶれたところも見たことがないのだが、さすがに酒量を過ごすといつもより表情がかなり和らいでくる。

古谷はどちらかというと普段はクールなタイプだが、酒が回ると仕種も少し大きく流れるようなものになる。人に触れるなどのスキンシップがわずかに増えてくる。整いすぎた印象が抜けて、ちょっと甘いような笑みを無防備に浮かべるようになる。瞼なども重くなってくるのだろう、頭を少し揺らし、下から覗き込むようにこちらを見てくる。

端正な印象が先立ちすぎて、部内一、クラブ一の美形と呼ばれながらも、ちょっと近寄りがたいような雰囲気のある古谷に、妙につけ込みやすい隙が出てくるというのはわかるような気がする。

部に入って、とにかく身体を大きくするようにと強化トレーニングを受け、入部当時よりも身体全体に厚みが増して男らしく大人びた身体つきになってきたが、依然、古谷の四肢は長く、すらりとしまった体格を持っている。

頬の火照りを冷ますためか、長い足を無理に折るように座った友人は、氷の入った水割りのグラスを頬に押し当てるようにして、中西を見ている。

いつもに比べても仕種が少し幼くて、そんな古谷に中西がどぎまぎしているのがはっきりとわかる。

まだ問いただしたことはないが、おそらく中西は古谷に対して友人以上の好意を抱いているのだろうと、木下はなんとなく察しをつけていた。

「中西、それで日比谷はどうなったんだよ」

木下は中西の肩をつついた。

「えっとごめん、えーと日比谷が…、えっと…どこまで話したっけ？」

「第三クォーターだろ。やれやれ、もういいよ」

木下は肩をすくめると、手にしたジョッキをぐっとあおり、かたわらのピッチャーのビールを自分でダバダバと注ぎ入れた。おそらく打ち上げが始まってから、十杯近い量を飲んでいる。

古谷ははなからアルコール度数の強い水割りや日本酒などを軽くあおっていくタイプだが、木下は樽のようにいくらでもビールを流し込んでいくタイプだ。中西はその細い身体のどこにビールを流し込んでるんだと呆れるが、いつも最後までビールを飲んでいる。顔色の変わらない古谷などに比べると、若干目許は赤く染まるが、過剰に酔っぱらったことはない。多少、普段より饒《じょう》舌《ぜつ》になるぐらいだった。

「よう、今日はお疲れさん」

背後から、腹の底まで響く低く太い声をかけられ、振り返った木下は慌ててあぐらを正座に替えて頭を下げた。

「お疲れ様でっす！」

同じようにあぐらをかいていた中西や、柱にだらりともたれていた古谷も慌てて座り直す。

中腰で声をかけてきたのは、主将の村越だった。

「そんなかしこまらなくていいよ。打ち上げだし、無礼講、無礼講」

大きな手を振ると、よいしょ…、と村越は巨軀をかがめて木下らの隣に腰を下ろした。

巨体を持つ村越が腰を下ろしただけで、どん…、と畳越しに鈍い衝撃がある。

今日の勝ち試合が相当に嬉しかったのか、村越はだいぶ酒量を過ごしているらしく、吐いた息がそれとわかるほどに臭う。顔やごつい首、丸太のように太い剝き出しの腕もずいぶん真っ赤で、目も充血している。普段、真面目な村越にしては珍しい。

「あ、古谷。ついでもらっていいかな」

村越は真っ赤な顔に満面の笑みを浮かべ、中西の隣に座った古谷にグラスを掲げてみせる仕種をした。

「古谷ご指名」

中西は友人を主将のほうに押し出す。

「ビールでもかまいませんか？　木下、ごめん、新しいグラス」

いつもより少しはにかんだような笑みを浮かべ、古谷は木下に新しいグラスを店側に頼んでくれるように合図してくる。試合中も思ったが、やはり村越を前にすると古谷も緊張するようだ。

「いいよ、いいよ、これ古谷の？　これ空いてるから、これ使うわ」

村越は満足そうに大きく息を吐きながら、空いていたグラスの溶けかけた氷と中身とを空のサラダボウルに移し、上機嫌で古谷の酌を受ける。

「いやぁ、今日は飲んだわ。嬉しかったもんなぁ！」

「いい試合でしたもんね。あの監督が名試合だったって喜んでたぐらいですから」

嬉しそうに村越が語るのに、中西は大きく相槌を打った。

「そう、俺も珍しく監督にほめられたからさぁ」

そこから村越は、三人を相手に熱く滔々《とうとう》と試合内容やプレイの展開について喋り始めた。

普段、寡黙で不言実行型の主将に対し、チームを色々と盛り上げる多弁な副将達と思っていた木下は、村越の驚くほどの能弁ぶりに驚いたほどだった。

「しかし、医学部でがんばって試合にも練習にも食らいついてくるおまえらも珍しいよね。薬学とかは結構頑張る奴いるけど、医学部は授業キツいらしくて。

しかも、今年は全員デカくて使えるからさ。ぜひ来年もこのままレギュラーでいってほしいんだけど、来年から専門が始まるんだっけ？」

「そうなんです。今も結構キツいんで、来年はちょっと厳しいかもしれませんね…」

木下は尊敬する村越に褒められたことを喜びながらも、専門課程の厳しさを思うと肩を落とす。村瀬と共に勝ち続けたいと思う気持ちは、多分、誰にも負けないと思っているのだが…。

「あれ、今、中西や古谷はつきあってる相手とかいるんだっけ？　古谷なんかもてそうだからな、色々噂も聞いてるぞ」

授業後の練習時間の作り方などから話がそれて、中西に村瀬が尋ねている。

村瀬は女よりも練習を愛す、などと冗談半分にからかわれるほど、実直で熱心な練習ぶりを見せる、色めいた話とは無縁な主将には珍しい雰囲気だった。酔って浮かれているのだろうが、普段は上座に座っていて、そう親しく話すことのできない遠い存在である男の、こんな人間らしい一面を見るのは面白い。

酔いのせいか、ちょっと呂律《ろれつ》がまわらず、えらく熱心に古谷に女性関係のことなどを聞いているのも、妙に人間くさい。逆に木下としては、村瀬が好む女性のタイプなども聞いてみたい。こんな英雄然とした男がどんな女性を好むのか、後学のためにも聞いておきたいと思った。

副将の島崎が廊下に顔を出し、伝票を持った店員と何かやりとりしている。そろそろ会計をすませて、次の店に移る算段をしているようだ。

何か古谷が村越と話しているのを横に聞きながら、もう、そんな時間なのかと木下はちらりと気を逸らした。

「男、村越康平《こうへい》、一生の頼み！」

やにわに村越が、ガバッ…とその場に手を突き、頭を下げた。

その声の大きさに何事かと視線を戻した木下は、チーム一の巨漢がいきなり自分たちの前に土下座する様子に度肝を抜かれた。

「頼む、古谷っ！

一発でいいから、ヤラセてくれっっ！」

木下は自分の目が真ん丸に、頭の中は真っ白になるのを感じた。

何が起こったのか、まったくわからない。

このチームの憧れ、歩く伝説は、突如何を言い出したのかとポカンと口を開いたまま、まじまじと巨漢を見る。

「…はぃ？」

伝説の男に土下座をされている当の古谷も当惑したのだろう。目を見開き、驚きのあまり半開きになったらしき口から、信じられないぐらいに間の抜けた声を出した。

木下の知る限り、この男にこんな間の抜けた顔をさせたのは、今、目の前で土下座している関西アメフト界の星たる巨漢ただ一人である。

「頼むっ、一回だけでいい！　一発だけでいいから！」

正気なのか、俺は寝ぼけてるんだろうかと、木下は恐る恐る横の中西を見た。

さしもの中西も呆っ気にとられたようで、フォローの言葉もなく、固まったままの表情でちらりと木下のほうに視線を寄越す。

恐ろしいことに、腹の底に響くような村越の声はよく通る。歩く伝説、生きた神の奇行に、いつの間にか騒がしかった部屋の中はしんと静まりかえっている。

「…先輩？」

古谷は、村越の勢いに押されるように後ずさる。

木下もそんな馬鹿な…と頭では思っているものの、中西と同じで、大学きっての英雄、K大に村越ありと称えられる男が友人の前で土下座しているのを止めようがない。

「頼む、古谷！　男子一生の本懐だ！

一度だけでぃい！」

部屋中にとどろく村越の声に、古谷の顔が引きつっている。すっかり及び腰なのが、ありありとわかる。

「まぁった、村越っ！　村越ったら、後輩からかって！

おまえ、そんなに酒強くないのにベロベロになるまで飲みやがって。いくら古谷がいい男だからって、おまえに一発ヤラれたら壊れちまうって。もうもう冗談きついんだから、イジメかと思われるぞ。

な、皆驚いたよな、な？　古谷もな。これは村越の冗談だから、な？　な？」

廊下にいたはずの副将の島崎がすっ飛んでくると、古谷と土下座している村越の間に割って入った。

妙に明るい声で村越を押しとどめながら、島崎は片手で同じ四回生の桑野《くわの》を招く。口調は明るいが、顔は真顔だ。

当たり前だ、もの凄い不祥事に、部屋中固まっている。

「ごめんなっ、これは村越の一発芸、一発芸だからな。

おまえらわかってるな、これは忘れろよ。今見たことは、冗談だからな。いいなっ？」

島崎と桑野は大慌てで村越を抱え起こし、古谷の足許から引き離した。

ついで、その恐ろしい激白を目にした周囲の後輩達に、体育会系の絶対命令を下すことを忘れない。

「ほら、古谷もとっと外出ろ。おまえらも外出ろ。お開きっ、お開き。

金は岩城《いわき》のところに集めてくれ」

島崎らに無理に押し出されるようにして、固まっていた木下らはようやく席を立つ。静まりかえっていた部員達も、ざわつきながら席を立ち始めた。

靴に足を入れて初めて、木下は助かった…、と心の底から深く息をついた。

木下でこれだけの疲労感である。あの激白を受け、目の前で抱かせてくれと土下座された古谷は、顔にすっかり血の気がない。さすがに古谷とて、こんなに恐ろしい目に遭ったのは初めてのことだろう。

村越には女っ気がないとはいわれていたが、女っ気がないのではなくて、それは男の後輩に入れあげていたせいなのだと、さすがに木下も妙に冷めた感覚で分析した。えらく古谷が気に入られ、何かと可愛がられているとは思っていたが、よもやそんな男の下心があったとは、世の中わからない。

もし自分が、あの巨体を持つ村越と獣臭い毛皮をまとった中世のバイキング、どちらかの相手をしなければならないとしたらどちらがましだろう…、と薄ら寒い想像をしてみる。

「あれ…、村越先輩、本気かな？」

階段を下りながらの木下の呟きに、中西はぼそりと応える。

「本気かどうかは知らんが、先輩に一発やられたら誰でもぶっ壊れるって。俺でも勘弁だ」

当の古谷はすっかり酔いも覚めたのか、押し黙ったまま真顔で店の階段を下り、中西と木下の後ろをついてきた。

外に出ると、すでに精算をすませた部員らがたまっている。河原町通りはひんやりとした夜気に包まれ、木下は引っかけていたチーム揃いのスタジャンの前を合わせる。

部長の激白にすっかり酒気も飛んでしまったが、夜の河原町通りはいつも通りの賑《にぎ》わいで、通りを挟んだ向かいのビルの前には、同じようにどこかの大学のクラブの学生連中がたまり、騒いでいる。

まだこの時間は人も多く、客待ちのタクシーがずっと列になっているのも、いつもの京都の繁華街らしき眺めだった。主将の激白に思考が止まりかけていたが、見慣れた街角の光景と外の新鮮な空気に、やっと人心地つく。

「しかし、さっきのはびっくりしたなぁ」

中西が木下と古谷の二人に向かってちょっと笑いかけたところで、いきなり大声が響いた。

「古谷っ！」

木下は横にいて同じようにスタジャンを羽織りかけていた古谷が、声をかけられた拍子に飛び上がるのを見た。

「古谷っ、俺は本気だ！」

メンバーをかき分け、階段を下りてきた村越は古谷の腕をつかんだ。この巨漢の前では、古谷もまだまだ細身に見えると、木下は妙に冷静に思った。その細さが不安なぐらいだ。

「冗談なんかじゃない、頼むから一発…！」

主将にほとんどタックルのような抱擁をかまされかけ、ひっ…という悲鳴とともに、かろうじて腕をふりほどいた古谷は身を躱《かわ》す。

村越の目は酒のために赤く濁って、様子も尋常ではない。

たまっていたメンバーが、再びざわつきだした。主将であり、またチームの絶対神であるために村越を止めるに止められず、笑うわけにもいかず、ただその妄動を固唾《かたず》を呑んで見ているばかりだ。

木下自身も本気かよと思うものの、引きつった古谷の顔とあまりにも必死な村越の様子に、次第に妙なおかしさすら感じ始めた。

「古谷ぃっ！」

ビルの壁をも壊しかねない勢いで村越が突っ込んでくるのを、古谷はさらにぎりぎりのところで身を引いて躱《かわ》した。村瀬の鬼気迫る勢いに、本当に恐怖を感じているのだろう。じりじりと後ろ足で下がり始めている。

「古谷っ、駄目かっ？」

村越が身も世もない雄叫びを上げるのに、ついに堪《こら》えきれなくなったのか、誰かがプッと吹き出した。

やはり、おかしいのだ…、木下はうつむき、下唇を固く嚙んで笑いを堪えながら、上目遣いに村越と古谷の様子を見た。

「すみません、先輩っ」

やにわに古谷は身を翻《ひるがえ》し、脱兎のごとく逃げ出した。

「古谷ぃっ！」

村越も叫びを上げ、怒涛のような勢いで古谷の後を追う。

人の波を押し分け、二人の男達の追っかけっこが始まった。

追われる古谷は水も滴《したた》るような色男で、追いかける村越は小山のような大男だ。両者ともに真剣なのが、どうしようもなく笑える。

「本気ですかぁ、先ぱーい」

誰かの間の抜けた声とともに、どっと笑い声が上がった。

身の軽い跳躍力のある古谷は、ひらりと柵を越え、車の間を縫って通りの向かい側へと逃げてゆく。対する村越も柵を乗り越え、タクシーのクラクションを浴びながらもひるむことなく、古谷の後を追う。

通りの向かい側を、必死の形相の古谷が人の間をすり抜けながら、全速力で走ってゆくのが見える。

それを追う、K大に村越ありと恐れられる主将のスピードも半端なものではない。その重戦車並みの勢いに、人々が恐れをなしたように道をあける。

うぉぉぉ――――……っという雄叫びが、通り越しにも聞こえる。

「すげぇ」

木下は声を漏らし、笑った。

中西も横で腹を抱えて笑っている。

古谷には気の毒だが、こんな滑稽《こっけい》な追っかけっこは見たことがないと思った。

その晩、銀閣寺に近い木下の学生アパートのドアを、夜遅くに叩く者がいた。

「来たぜ、来たぜ」

すでに大きな顔で部屋であぐらをかいていた中西は、嬉しそうに大きな手を揉む。

暗黙の了解で、自宅通学組の中西と古谷は、今日のような打ち上げのあとには自動的に木下のアパートになだれ込むことになっている。ドアを開けずとも、ベニヤの安普請のドアの飾りガラスには、長身の男の影が映っていた。

木下はまだ笑いに口許を歪めながら、ドアを開けた。さんざんに笑ったあとだが、それでもまだ本人の影を見るだけで笑えてくる。

「生きてたか？」

案の定、ドアを開けるとやつれた様子の古谷が憮然とした顔で立っていた。

髪は乱れ、心なしか肩のあたりに力がない。逃げる途中で何かにぶつかったのか、頬のあたりに新しく切れたような痕もある。

「…死ぬかと思った」

中西はにやにや笑いを満面に浮かべたまま、木下の横に立つ。

「おまえの貞操は無事か？」

狭い木下の部屋の玄関は、長身の男三人が立つといっぱいいっぱいだ。

中西の問いに古谷は思いっきり嫌そうに顔を歪めた。

「おかげさまで…」

「逃げられたのか、すごいな」

あの主将の怒涛の追撃をかわすことができたのかと、木下は純粋に感嘆した。

「逃げなきゃ死ぬだろ。あんなのまともに相手したら、こっちが壊される」

まぁ、入れよと古谷を部屋に入れてやりながら、木下は心底、この気の毒な友人に同情した。見場がいいのも得なことばかりではないらしい。

「俺もあれはおまえが壊されると思った」

中西はまだどこか嬉しそうだ。声が笑っている。

「…勘弁してくれ」

ほとほと疲れ果てたような声で古谷は答えると、力尽きたように床に座り込んだ。

END

二人静《ふたりしずか》

佳子の一周忌に

「一人で大丈夫？」

御影《みかげ》にある白井《しらい》の実家近くで車を止めた古谷《ふるたに》が、サイドブレーキを引きながら少し案ずるように尋ねた。

「ええ」

白井はシートベルトをはずしながら微笑む。

「帰り、迎えに来ようか？」

「大丈夫です、ちょっと終わりの時間も読めないですし。帰りは電車で帰りますから」

古谷には珍しく過保護なまでに重ねて尋ねてくるのは、男が白井の込みいった家族関係を知っているためだ。

「大丈夫です。こうしてわざわざ一周忌にも兄が直接に声をかけてきてくれたぐらいだし」

白井は後部座席に置いていた喪服の上着をとりながら、もう一度古谷に向かって笑いかけた。

つっけんどんではあったが、長兄の泰宏《やすひろ》が直接に電話をかけてきたことを思うと、ずいぶん兄たちの態度は軟化している。昔ならば泰宏が直接に白井に電話を寄越すなど、とても考えられなかった。

「じゃあ、ここまで来たついでに久しぶりにケーキでも買って帰るかな。だから、終わったら早く帰っておいで」

「そうなんですか？　偶然ですね、僕も帰りにおみやげに買って帰ろうかなと思てたんですよ」

白井の方は、看護婦達とのつきあいでこのあたりのケーキ屋にはごく最近でも足を運んでいる。

ケーキの名店が多いといわれている阪神間でも、阪急御影駅の南側は特に美味しいと評判の有名店が並んでいることで評判だった。

古谷は笑い、白井の好むケーキ屋の名前を挙げた。

「アンプレッションがいい？　それとも、ダニエル？」

「じゃあ今日は…、ダニエルで」

白井は車を降り、助手席の窓越しに古谷に向かって手を上げた。

男が軽くそれに応えて手を上げ、車を発進させるのを見送る。流れるように優美なボディを持つ車が曲がってゆく住宅街は、地震で被害を受けた家が多かったためか以前とはかなり雰囲気が変わって見える。

戦前からの古い趣《おもむき》ある和風建築が多い街並みだったが、まだ更地のままの土地や補修途中で屋根や壁、塀などにブルーシートを掛けた家、建築途中の家が目立つ。震災後、まだ一年と経過していないので、完全に新しく建て直された家にはサイディングの壁を持つ、工期の短いハウスメーカー製のものが圧倒的に多い。

ここ最近、神戸のあちらこちらで見かける光景であり、そんな街並みを見て覚えるのは、失ったものへの何ともいえない感慨や喪失感と同時に、何としてでも立ち直ろうとする人々の強さ、底力といったものだった。

やはり古かった白井の実家も震災で一階部分が完全に倒壊し、その際に父親の泰継《やすつぐ》を亡くした。年末に母親の佳子《よしこ》を癌で亡くしたばかりでずいぶん憔悴《しょうすい》しきっていたというが、まさに後を追っていったのではないかと思えるような立て続けの両親の死だった。

今回は、その両親の一周忌を実家で行うと、兄から三ヶ月ほど前に連絡があった。話をするのは、大阪での兄の仮住まいのマンションに見舞いを持っていって以来だった。態度が軟化したとはいえ、あの兄のことなので電話でもあまり詳しくを聞くこともできなかったが、あれだけの被害を受けておきながら、一年と経たないこの時期に家を再建出来たのだろうかと白井は懸念していた。

見覚えのある松の木と槙《まき》の生け垣の前で足を止め、白井は二度ほど表札を確かめ、少し目を見張った。

古い垣根や松はそのままだったが、そこには壁の塗りもまだ新しい、立派な家が建っていた。

家の再建にどれだけの時間を要するのかは知らないが、地震からまだ一年と経たないうちに、よくここまで見事な家が建ったものだと白井は驚く。

もともと実家とはいえ、住んだ期間も短くあまりなじみのない家だったが、建て直されたばかりの家はどこかの設計事務所が手がけたものなのか、和風建築とはいえかなりモダンで現代的なものになっており、名残《なごり》の垣根や松以外にはまったく見知らぬ家となっている。

もっとも、倒壊する前の実家はかなり凝った造りの昭和初期の和風建築だったので、今の建築水準であれだけの凝った仕様の家が再建できるかといわれれば、普通に家を建てる以上の巨額の費用と時間とがかかりそうで、家の再建や修理などでメーカーや工務店が非常に混み合っているといわれている今は、少し現実離れした話に思われた。

それに母の佳子が特に台所などの水廻りの使い勝手について何か言うのも見たことはないが、上の兄たちは木の雨戸が重いやら、一階の採光が悪くて部屋の中が暗いなどとよくこぼしていた。白井と次兄の部屋などを仕切る襖《ふすま》でのしきりなども隣の音が筒抜けで、プライバシーなどとは程遠かった。間取りなどを取ってみても、すべてにおいて昔風の建て方をしてある家だったので、最近の住宅事情に即して見れば、けして使い勝手のよいものとは思えなかった。

どことなく白井のマンションにも雰囲気の似たモダンさを持つ新しい家に、おそらくこんなおしゃれな雰囲気が長兄の好みなのだろうなと、門越しにしげしげと家を眺めたあと、白井は法事の始まる三十分前であることを時計で確かめ、インターホンを押した。

「はい」

応えたのは、おそらく兄嫁だろう。

「こんにちは、明佳《あきよし》です」

「はい、ちょっとお待ちになってくださいね」

おっとりとした声が応え、やがて少し小柄な身体に喪服をまとった兄嫁が顔を出した。

招き入れられた玄関先には、すでに何人か分の親族の黒い靴が並んでいる。

「ご無沙汰してます」

遠慮がちに玄関先で頭を下げた白井にも、兄嫁は愛想よく笑みを向けた。

「こんにちはぁ、こちらこそご無沙汰してます。今日はお寒い中をありがとうございます」

兄嫁はにこやかに白井を迎え入れる。

もともとの家族との不仲や、すでに長兄や次兄らは白井が同性愛者であることを知っているため、必然的にこの人も白井の性癖を知っているのだろうかというためらいには、みじんも気づいていないようだ。

新しくなって暖房がよく効くせいか、家の中はすでに玄関先までほんのりと温かかった。

「あの…、ずいぶん立派な家になりましたね。兄からここで法事をするって言われた時には、大丈夫かなって思ったんですけど」

遠慮がちだったが、白井も以前よりははるかにすんなりと挨拶の言葉が口を出てくる。

最近、ナースステーションでも看護婦らと親しく話しているせいか、回診などでも患者と物怖じせずに話せるようになっているとは思っていたが、この家に入ってからも自分でも肩の力が抜けて楽なのがわかる。

「ええ、幸か不幸か、地震の前から家の建て替えの話が進んでましたからねぇ。

お母さんの入院なんかでちょっと話も止まってたんですけど、ねぇ、全壊になっちゃったらもう建て直すしかないですから」

以前の白井と家族らの軋轢《あつれき》も知っているだろうに、兄嫁の方も屈託なく話す。

「設計事務所も工務店も決まってたのがよかったみたいです。今、どこのハウスメーカーも工務店も修理で手一杯で、なかなか仕事を受けてもらえないっていうじゃないですか。ほら、うちもしばらくは大阪のマンションに仮住まいしてましたけど、泰宏さんがそんなにいつまでも仮住まいなんかしてられるかって…。もう泰宏さんは一度言い出したら絶対に聞かないから、家の図面もほとんど決まってたので、慌ててお話進めていただいて。

地震前は建て替えっていっても、二世帯分の引っ越しの段取りとか荷物の整理とか色々込み入ったこと考えたら頭が痛かったんですけど、荷物ももうあんなになっちゃったら完全に諦められますしねー。

何とか引っ越しも間に合ってよかったです」

兄嫁は小さく笑い声をたてて白井を奥へと案内する。

「引っ越しのお片づけも大変だったでしょう？　家財とかはやっぱり？」

「ああ、もう、ほとんどダメダメ。私の婚礼家具なんかも一階に置かせていただいてたものは、完全に潰れちゃいましたしね。二階部分は大丈夫なようでしたけど、それでも家具はほとんど倒れてしまってたから、壊れたり大きな傷が入ったりでもう全然…」

無邪気に色々と話してくれる兄嫁の様子は、病院の看護婦達に通じるものがある。これまで取り立てて話す機会もなかったが、こんなによく話す人だっただろうかと思いながら、白井は兄嫁に連れられて奥座敷へと進んだ。

あの天井の低い、黒光りするまで丹念に磨き込まれた薄暗い廊下の印象は一新され、庭に面した採光の十分な明るく広い廊下になっている。

唯一、庭だけは元の形をほとんどとどめており、白井は昔、非番の日には二階の窓からよくぼんやりと眺めていた、見覚えある景色にふと笑みを浮かべた。

「来たんか？」

座敷に入ったところで、すでに着いていたらしい次兄の泰之《やすゆき》が座したまま声を掛けてきた。泰之の隣には、以前見た時よりも少し恰幅のよくなった泰宏があぐらをかき、喪服の襟許をうるさそうにさわっている。

座敷うちは何人かの親戚が顔を揃えており、過分なまでに暖房が効いている。

以前、白井が苦手としていたうるさがたの大叔母などは年のせいか顔を見せておらず、主だった面々は幾分代替わりしているらしきことも、白井をほっとさせた。従兄弟《いとこ》などももちろん複雑な白井の家庭事情を知っているが、さすがに同世代の遠慮もあってか、顔を合わせれば何も知らぬように挨拶を交わし、無難にことをすませてくれる。

苦手としていた人間が数人抜けただけで、こうも集まりの雰囲気は変わるものなのだなと白井は思った。

「はい」

ご無沙汰してます…、と以前、祖母に厳しくしつけられたとおり、入り口で座り直してきっちりと頭を下げる白井に、泰之は仏壇を指し示した。

「先に仏さん拝んでこい。もうすぐ坊さんも来るやろうし」

一階にあった仏間が潰れたためか、家の建て直しにあたって古かった仏壇も新調されたらしい。泰宏は頑《かたく》なところはあるが、こういう古くからのしきたり事、祭祀などについてはきっちり守る性分のようだ。地震の時に壊れた位牌などもちゃんとあつらえなおされて、すべて元のように揃えられている。

持参したお供養を供え、真新しい仏壇に向かって手を合わせた後、白井は改めて母と父との遺影を見上げた。

葬儀の時はあまり意識して見ていなかったが、これは母の幾分若い頃の写真だと、遺影を眺めながら白井は思った。

おそらく、父の泰継が生前に選んだものだ。どの写真から持ってきたものか、珍しくかすかな微笑を口許に浮かべ、わずかに首をかしげるようにしてこちらを見ている。

あまり写真を撮られることを好まず、また普段からほとんど笑うということのなかった母だったが、そうして微笑んだ写真は、身贔屓《みびいき》ながらずいぶんと美しいものに見えた。

新たにインターホンが鳴り、玄関先で兄嫁が応対している声が聞こえる。そのやりとりに耳を澄ませ、泰之が呟いた。

「坊さん来たな」

「みたいやな。俺、ちょっと行ってくるわ」

泰之に応えて、泰宏はゆるめていた襟許をなおしながら席を立つ。

これはどうも、お上人、年末のお忙しいところをわざわざおいでいただいてすみませんな…、やがて愛想のいい泰宏の声が玄関先から聞こえてきた。

我は強いが、それなりに愛想もいい。多分、長兄の性格は中堅の病院経営にたずさわるせいもあるのだろうが、もとが自営向きなのだろう。

「きれいな家、建ちましたね」

白井は座敷の後ろへと下がりながら、控えめに泰之に声を掛けた。

「こうも変わると、もう自分の育った家っていう感覚がないなぁ。親父、お袋がいるならとにかくな……。俺も早いとこ、結婚して身ぃ固めるかな」

思ったよりもはるかに兄から言葉が多く返ってきたことに驚きながら、白井は頷いた。

返事を期待していたわけではないが、ごく普通の家族のようにこうして言葉を返してもらえることが嬉しい。

白井自身が少しずつ変わりつつあるように、兄たちの中でもまた何か変化があったのだろうかと、白井はそっと思った。


法要に続いて会食が終わった後、親族が三々五々に帰ってゆく中で、白井は泰之に招かれてその背を追った。

「明佳、ちょっと」

身長はほとんど変わらない。むしろ、白井の方がわずかに高いぐらいかもしれないが、何となく兄は自分よりもずっと背が高く、身体つきも大きいような気がしていたのは何故なのだろう。

以前は萎縮するあまり、自分で自分の目を塞いでいたところがあったのかもしれない。

今はこうして呼ばれても、また以前のように責め立てられ、非難されるのではないかという恐怖がない。何か親族の前ではできないような特別な話があるのだろうなと、察しをつけるぐらいだった。

地震後は長兄とは別に明石の方のマンションで一人暮らしをしていると聞いていたが、何度か新しい家の中を歩いたことがあるのか、泰之はあまり迷う様子もなく先を歩いてゆく。

新築祝いを長兄に渡そうと思いつつ、何となくタイミングを読みそびれてしまったと思いながら、泰之について階段を上がってゆくと、次兄はあるドアを白井の目の前に開けた。

そこは長兄が新たに自分用にもうけた書斎らしい。六畳ばかりの部屋の中には専門書の並んだ書架があり、高価そうな音響機器がある。ゆるやかなカーブを描くモダンで大きめのデスクセットは、サイズ的にも日本のものでもないようだ。

すでに部屋の中には泰宏がいて、そのデスクセットの向こうに腰掛けていた。恰幅がいいせいか、これだけ立派な書斎にいてもそれなりに様になっている。

さすがに二人も揃われると何事なのだろうかと身構えかける白井を、腰掛けたままの泰宏は中へと招く。

横目で次兄を窺《うかが》うと、まぁ、入れよと背中を押された。

「一応、親父とお袋の形見分けな」

白井を前に、前置きもなく泰宏は切り出した。

「まぁ、形見って言っても家の方は一階部分がまったくあかんようになってたから、持ち出せたものはほとんどないし、特に親父の身のまわりのものはろくなものが残ってない。

母さんの分は着物や指輪なんかがいくらか二階に残ってたけど、着物や宝石なんかの女もんはやっぱり女同士で分けてもらったほうがいいと思って、伯母さんや嫁さんに任せた」

形見分けの話だったのかと納得し、白井は肩の力を抜く。確かにこの性急な話の切り出し方は、いかにも気の短い泰宏らしい。

だが、しかし…。

「あの…」

「なんや？」

控えめに声を出した白井を、泰宏は不思議そうな顔で見上げる。

「形見て…、僕がもろてもよろしいんですか？」

「おまえがもらわな、誰が受け取るねん」

以前ではとても考えられなかったような返事を、それでも生来の性分でせっかちな言い方で泰宏は短く返す。

「明佳」

さすがに泰宏の説明の少なさはどうかと思ったのか、泰之は言葉を添えた。

「おまえもこれまで色々あったから思うところもあるかもしれんけど、俺らはやっぱりこうしてちゃんと親父の形見、お母さんの形見っていうて、おまえが持っといた方がええと思う」

「兄さんらがええのんやったら、喜んでいただきます」

軽く頭を下げる白井をちらりと一瞥《いちべつ》し、泰宏は机の上にあった病院の名前入りの封筒の中から写真などを取り出す。

「親父とお袋の写真…、それから親父の病院で使ってた万年筆をおまえにどうかと思った」

写真は二人とも遺影に使われていたものだ。父はごく最近の、何か病院のパンフレットか何かように撮ったらしい写真。母のものは、あのかすかな微笑を浮かべたいくらか若い頃の写真だった。

さらにはほとんど言葉を交わすことのなかった父が愛用していたという万年筆を、白井は兄の手から受け取る。

壮年の人間らしくモンブランの万年筆で、それなりに使い込まれている。病院に呼ばれたことがないので、父が仕事をしている姿はついぞ見なかった。これで幾枚ものカルテを書きつづったのだろうかと、しげしげと白井は手の中の万年筆を眺めた。

これが白井の手に形見として渡るとは、泰継は想像もしていなかったのではないだろうか。

泰継の白井に対する態度は最後までよそよそしいものだったが、それはやむを得ないものだと思う。泰継自身、昔から白井の存在を持てあましていたのだろう。気持ちはわかる。

他の男と情を通じたことを知ってもついに離縁を言い出すことのできなかった、母佳子への盲愛も、佳子の稀有《けう》の妖しい魅力を知る白井にはわかるような気がする。仮に泰継が腹を立てて離縁を言い出したところで、佳子は何の痛みも感じていないように淡々と応じたことだろう。

それでも昔は、父と母の間に白井の知らない愁嘆場があったのだろうかと白井は思った。あったとしても、佳子が泰継を相手に取り乱すとはとても想像できない。

そんな佳子によく似た相貌を持つ白井を、泰継はどんな思いで見ていたのだろう。父が複雑な思いで白井を持てあましていたのは知っていたが、兄二人からのように激しく憎まれていたとは思えなかった。

酷似しているが故に憎むこともできない、愛する女に似た赤の他人の息子がいたとしたら…、やはり自分も父同様にその存在を持てあましたのだろうと思う。

そこまで考えてみて、白井はあらためて泰継を気の毒に思った。

黙って万年筆を眺める白井をどう思ったかは知らないが、泰宏はさらに机の上に並んでいた女物の箱と小物を白井の前に押しやった。

「お袋のはこの対の櫛と鏡、硯箱《すずりばこ》、小物整理なんかに使ってた小箱。まぁ、こっちもあんまり男の持つようなもんやないけど、まっとうに残ってるもんっていったらこれぐらいやから、どれかおまえの好きなんをひとつ取れ」

「兄さん達は？」

「別に…、どれもお袋の使ってたもんやから、俺らはどれでもええ」

兄の返事に白井は目の前に並べられた携帯用の櫛と鏡、硯箱、螺鈿《らでん》の小箱を眺めた。

母の部屋には入ったことがないので、硯箱と小箱は知らない。記憶にあるのは、昔、祖母の家で母がハンドバッグの中からとりだして使っていたのを見たことがある、手のひらに載るほどの蒔絵《まきえ》の櫛と鏡のセットだった。

「じゃあ、その鏡と櫛をいただきます」

白井の返事に、泰宏は四角いコンパクトのようにも見える鏡を白井に手渡した。

周囲のものに対してほとんど無関心で、感動もほとんどなく淡々と日々を過ごしているように見えた母だったが、常に美しく装い、身だしなみに気を遣っていたことは覚えている。

この鏡に映る自分の顔を、佳子はどのような思いで見ていたのだろうかと白井は手の中にすっぽりと収まってしまう蒔絵の鏡を見た。

今となっては何もわからない。何も白井の本当の父親につながる手がかりを残さないままに、佳子は逝ってしまった。

「それから…」

しばらくの間のあと、泰之と少し顔を見合わせて、泰宏は引き出しから事務用の茶封筒を取り出した。

それまで手渡された写真や遺品に気を取られていた白井は、二人のちょっとあらたまった雰囲気に、こちらの方が兄たちの話の本題であったことを悟る。

「これが母さんの遺品の中から出てきた。泰之とも相談したけど…、おまえに渡しといたほうが、ええんちゃうかと思って」

白井は差し出された封筒の中を、兄に断って覗《のぞ》いてみる。中には少し角の丸くなった、ベージュの薄手のハードカバーの本が入っている。

ハードカバーだが版型は小さくて、新書よりやや小さめのサイズだった。すでに黄ばみ、端の方が茶色く変色しかけた古いパラフィン紙をかけられている。この特殊な仕様とサイズは詩集か何かだろうかと白井が表を返すと、案の定、短歌集のようだった。

タイトルには『二人静《ふたりしずか》』とある。

ほとんどの感情を抹殺しているようにすら思えたあの佳子が、歌集を大事にしていたというのが意外だった。それとも自分の知らない母はこんなに熱心に何かを読みふける人だったのだろうかと、白井は黄ばみかけた歌集のパラフィン紙で覆われた表紙を撫でた。

二人静とは、能の演目にあったような気がする。祖母の知人に能舞台に通暁《つうぎょう》した人がいて、祖母に連れられて幼い頃は白井も何度か足を運んでいたので、その時の演目のひとつに見た。静御前の霊に関する話だったように思う。

それとも、あの可憐な白い花をつけるひっそりとした茶花のことだろうか、とも白井は考えた。祖母がお茶をたしなんでいたので、茶花として庭に植わっていた。春先にそっと咲くのを見たことがある。

しかし、白井にとって二人静といわれて一番に思い浮かぶのは、小さな和紙で包まれた和三盆でできた干菓子だった。白く小さな丸い紙箱に収まっており、キャンディのような形に包まれた和紙を開くと、中から紅白の対になった小さな干菓子が出てくる。口の中に入れると、ふんわりと甘く溶けるので、子供の頃から好きなお菓子のひとつだった。

だが、好きである以上に何よりも強くインパクトに残っているのが、その二人静の丸い形の小さな紙箱だった。箱は二種類あったが、いずれも男は烏帽子《えぼし》に狩衣《かりぎぬ》、女は長い黒髪に十二単《じゅうにひとえ》の姿

で、色つきのものは二人で松を背景に寄り添いあうもので、色のないものは女はこちらに背を向けるようにして、固く男の腕に抱かれている。

その二人の絵が幼心になんとも切なく美しいので、白井はきっとこの二人は何か秘密めいた物語の主人公だと信じて疑わず、遊ぶ相手もいない家で一人、様々な物語を想像してもみた。

二人静といわれればまず思い浮かぶ、あの干菓子の箱に描かれた絵のせいもあるのだろうが、何とも意味ありげな題《タイトル》の歌集だと白井は思った。

「中に写真がはさまってるやろ？」

長兄の言葉に驚き、白井は表紙をめくってみた。

確かに、色の褪《あ》せかけた古いカラーの写真が二枚はさまっている。

一枚目の写真には、濃紺の着流し姿の端正な顔立ちを持つ男が一人、どこか料亭か寺院らしき庭の植え込みの前で、身体をやや斜《はす》に袖ふところで立っている。

男は穏やかな表情を浮かべ、こちらを向いている。足許は白足袋に草履履きで、着物を着慣れているのだろう。さりげない着流しも浮くことなく、ずいぶん板に付いている。

写真でははっきりとはわからないが、背は高いようだ。和服の似合う正統派の二枚目といった印象で、目許は涼しく、さりげない立ち姿にも物静かで整った佇《たたず》まいがある。

年の頃は三十五、六ぐらいだろうか…、最初に会った頃の古谷ほどの年のように見える。

雰囲気のいい人だな、と白井は思った。それにずいぶんハンサムな人だ。京都ではお茶屋や和菓子屋などといった、昔からの伝統あるお店などの跡取りにいそうなおっとりとした品のよさ、穏やかさがあった。

もう一枚は同じ庭園らしきところで場所を縁側に移した、母の佳子とその男を含め、老若男女入り交じった総勢十人ほどの写真だった。こちらは全員が着物姿の生真面目な表情で、男達は黒の紋付きの羽織袴、女達は紋付きの色無地であるところを見ると、茶事か何かの写真にも思える。

佳子はまだ若い。二十代後半から三十になったばかりといったところだろうか。女達の中では、母が一番若いように思える。化粧や髪型こそ控えめだが、目を伏せるようにしたたおやかな表情は匂うように美しく、どこか初々《ういうい》しいような色さえある。少なくとも、このときの佳子には白井の知るあの冷然とした近づきがたい雰囲気は、まったくなかった。

「…この男の人は…?」

知らず、白井は呟いていた。

「…多分、それがおまえのほんまの父親やないかと思う」

返ってくるとは思っていなかった低い泰宏の言葉に、白井は目を見開く。

泰之が泰宏の言葉を継いだ。

「俺は覚えてないけど、兄貴が子供の頃に何度か見たことあるって」

驚いて長兄を見る白井に、泰宏は珍しく低く、ぽつりぽつりと言葉を継ぐように話した。

「昔、お母さんが京都までお茶習いに行ってた時、何度か連れられて行ったことあるんや…。通ってたんは家元やったか…、そのお弟子さんやったかのなんや偉い先生やったらしいけど…、そこで会った人やと思う。

待ってる間に、お菓子もらったような覚えがある」

「…どんな、…どんな人でした？」

白井は勢い込むあまり少しうわずった自分の声を、他人のもののように聞いた。

「ゆうても昔の話やし、ほとんど覚えてへん。お弟子さんやったんか、その先生の家族やったんかも知らんし…。

落ち着いた低い声で話す人で、幼心にもえらい背の高い男前やとは思ったけど…、もともとお稽古自体が子供の行くようなところちゃうし、俺もお母さんについていってったのはほんまに数えるほどしかないから…。

実際におまえの父親やっていう、確かな証拠もない。結局、うちの親父はもちろん、お母さんも最後まで何も言わへんかったからな。

でも、この二枚の写真だけ、わざわざ大事に持っていたところをみると、やっぱりこの人はお母さんにとって大事な人やったんちゃうかと思て…、泰之と相談しておまえに渡したほうがいいやろってことになった」

もう、親父もおらんことやしな…、泰宏は深い溜息をついた。

「そうやったんですか…」

白井の溜息混じりの声に、二人の兄たちは微妙な表情を見せた。

少し迷ったような顔を作ったあと、泰宏が切り出す。

「なぁ、おまえのことさんざんに無視したり罵《ののし》ったりしてきた俺らから言うのもなんやけど、一応、うちの親父がやっぱりおまえにとっては父親やっていうことは覚えとけ。

一緒に住んでた期間はほんまに短かったかもしれへんけど、おまえの学費やら何やら色々と京都のおばあちゃんのところに入れてたんは親父やねんし、おまえにとっては不足やったかもしれへんけど、親父は親父なりに父親としての役目は果たしてたと思うねん。

もう、今となっては本当のことは確かめる術《すべ》もないけど、これだけは忘れへんといてくれ」

「はい…」

白井は頷いた。

「あの…、ありがとうございます。お父さんやお母さんの形見も、この歌集のことも…、色々ありがとうございます」

白井の述べた礼に、泰宏はうつむきがちに答えた。

「おまえも、相当に難儀やったもんな…」


「先生!」

法事の後、声を弾ませ、コートも脱がずに階段を駆け上がってきた白井を、夕食の準備にかかっていた古谷は不思議に思って振り返った。両親の一周忌に向かう白井は以前のような憂鬱な顔ではなかったが、かといって心楽しいというような顔でもなかった。

「どうした？」

「僕の父親の…」

駅から駆け上がってきたのか、喪服のままの白井は荒い息をつきながら、それでも頬を上気させて嬉しそうに古谷の顔を見上げてくる。

「本当の父親の写真、兄からもらえたんです」

「お父さんの？」

「ええ、これね…。母がそっとしまっていたらしいんですけど、形見分けの時に母の荷物の中から出てきたからって」

白井は提げていた紙袋の中から茶封筒を取りだし、中のハードカバーの本を開いて古谷に差し出した。

色褪せたカラー写真の中、着物を着た男が一人、穏やかな表情でこちらを見ている。目許がすっきりと整った、着物のよく似合う美丈夫だった。知的で物静かな、そして芯の強そうな雰囲気がある。

「僕ね、何となくこの写真見た時、先生のこと思ったんです。顔とかじゃないんやけど、なんか雰囲気とかが…」

嬉しそうに話す白井の声に重なって、佳子の明佳があの人の子でさえあれば…、という言葉が思い出された。

あの美しい人は、この男と恋に落ちたのかと、何もかもを擲《なげう》ってでもと思うほどの恋に落ちたのかと…、古谷はすでに亡いという男の写真を見つめた。

不思議とこうして写真を前にすると、恋した男を誰にも打ち明けることなく逝ってしまった、冷たいと薄情だとばかり思っていたあの佳人は、誰よりも情熱的で意志の強い人だったのではないかと、思えてくる。

「…よかった」

白井はふんわりと笑った。

「白井の父は父で、ありがたく思わなと思うんですけど…、それでもやっぱり、自分は本当はどこの馬の骨の子供なんかもわからへんと思ってるより、こうしてどんな人か知れただけでも嬉しい…。

この写真見て…、こんな人をお父さんって呼ぶことができたら嬉しいなぁて、ほんまにそう思えたんです。…あほみたいやけど、電車の中で何度もこの写真取り出して眺めて…、子供の頃にこの人に抱き上げてもらうところ想像したら、すごい嬉しなってきて…」

白井には珍しく、頬を上気させたまま興奮したように言葉を連ねる。

「そうだね、ずいぶん落ち着いた雰囲気のいい男《ひと》だしね」

「結局…、お茶の関係で母と知り合いやったんやないかっていうぐらいで、どこの誰とか、何も詳しいことはわからなかったんですけど…」

それでもやっぱり、実の父親が知れて嬉しいと微笑む白井を見ながら、古谷の胸中は複雑だった。

——あの子はあの男の子供やなかった…。どこぞの…誰とも知れん、獣《けだもの》の子やった…。

かつて佳子が、抜け殻となったような乾いた声で語った言葉が甦ってくる。

「この写真、部屋に飾っておいてもいいでしょうか？　白井の父に申し訳ないことになるんでしょうか？」

亡くなった白井方の父親にちょっと憚《はばか》るように声を潜め、白井は心配そうに尋ねてくる。

「君の側に飾っておいた方が、そのお父さんも喜ばれると思う。なんだったら、白井のお父さんとお母さんの写真とは少し離しておいてもいいだろうし…」

答えながら、これまで口にはしなかったが、こんなにも本当の父親の存在を求《ま》いでいたのかと、古谷は青年の髪をそっと撫でた。

古谷にとっては愛おしい、いじらしく痛々しいほどの存在。

長らく辛い思いで生きてきた青年がやっと手にした夢を、そのままにおいてやってもいいではないかと、あえて父親に抱《いだ》く夢を壊すこともあるまいと古谷は白井の痩せた肩を抱きしめる。

そして、佳子が自分に告げた事実は、けして白井には洩らすまいと固く胸に誓った。

佳子がこの男の息子であって欲しいと願った、そして、白井自身がこの男の息子でありたいと願ったならば、それを信じさせてやればいいのだと、嬉しそうに微笑む白井の頰に古谷はそっとキスをした。

END

名残《なごり》の熱の・・・

明佳　三十歳の秋の日に

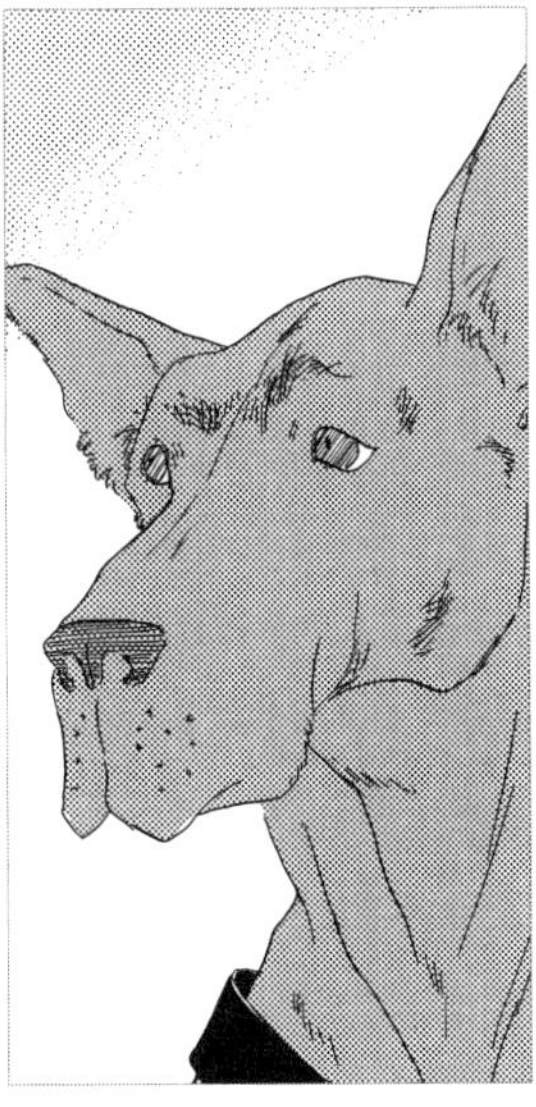

秋の空は青く晴れわたり、開かれた窓からは気持ちのいい風が入ってくる。

「明佳《あきよし》……」

大きく外へと開け放たれたテラスの窓から、古谷《ふるたに》はデッキチェアに横たわる青年にそっと確かめるように声をかけた。

樹齢七十年を数えるという大きなぶなの木が黄色く色づき、張り出したテラスへの日射しを柔らかく遮《さえぎ》っている。

青年はデッキチェアの上で、読みかけの本を片手に珍しくうたた寝をしていた。

古谷は微笑すると、眠りの浅い白井《しらい》を起こさぬようにと、膝掛けを手にそっとチェアのかたわらに足音を忍ばせてゆく。

その古谷の後ろから、年老いて目と足許がかなりおぼつかなくなかった老犬のカイザーが、それでも頑固についてきていた。

今年で三十を数えるが、白井の顔は年を追ってやさしげな印象になる。出会った頃から数年を経て、以前のような人の顔色を窺《うかが》うおどおどした態度はかき消え、今は不思議と人を安らがせるような柔和な雰囲気をまとった青年になった。

三年ほど前、心臓内科の診察で白井が小児科に赴いた際、ぐずる子をなだめるために白井が絵本を読み聞かせてやった。それが病室内の子供達に受け、白井の担当していた子供だけでなく、部屋全員の子供が白井の訪れを待ち受けるようになり、やがては小児科棟内でも白井の絵本の読み聞かせが評判になっていると聞いた時には、驚いたものだった。

古谷が婦長に言われて小児科に赴いた時には、白井は休み時間を割いて、談話室で十数人の子供を前に絵本を読んで聞かせてやっていた。

魚が水を得たようというのはこういうことを指すのだろうかと、やさしい声で子供の前で巧みに物語を読んで聞かせる白井を見た時には、古谷自身も嬉しく思った。

子供受けがよく、子供達が進んで診察を受けたがるので…、という小児科医長たっての希望で、心臓内科ではあれからもっぱら白井が小児科と連携して、先天的に心臓に欠陥のある子供達の診察に当たっている。

まとわりつく子供達を嫌がりもせずに腕にぶら下げ、抱き上げてやる白井は、以前のあのおどおどした態度からは信じられないほどの自信に満ち、輝いているように見える。

こんな男もいるものなのだと、日常生活の合間、合間に、古谷は感心をもって白井を見る。

それは洗濯物を干している時の横顔だったり、洗いものを食器棚に片付けている後ろ姿だったりする。

その整った顔立ち以上に、青年のまとう雰囲気は柔らかく、共にいる者の心をなごませる。古谷と共に月日を送るうち、いつのまにか白井は古谷の腕の中で大きく成長し、古谷自身を包み込むような存在になっていた。

母親譲りのその白く美しい顔は、白井自身の持つ魅力でよりおだやかでやさしいものとなった。白井の母親の佳子《よしこ》も稀有《けう》の美しさを持っていたが、それは氷のような冷たい美貌だった。

他人のどんな思いも受けつけない仮面のような美貌も、本人次第で春の日射しのように柔らかく温かみのあるものにもなるのだと、古谷はいつもそんな白井を眺めながら思う。

柔らかな風と心地よい日射し、穏やかな街並、たゆたう時。今は白井と過ごすひととき、ひとときを慈《いつく》しむことができる。

あの白井が配属されてきた春の日、緊張した面持ちで自分を上目遣いの卑屈な目で眺めてきた青年を、小綺麗な顔立ちをしているとは思ったものの、古谷はとても魅力のある人間だなどとは思っていなかった。

ただ、それから数週間ほどで、青年が折々に見せる熱っぽい視線の正体には気づいていたような気がする。そして、凡庸さとその物怖じした態度とでくすんで見えがちな、白井という青年の素材に当初よりも惹《ひ》かれてはいた。

白井に誘われた宴会の日の夜、あの時の自分が何を気まぐれに、差し出されたその白い花を手折ってみようなどと思ったのか、古谷はもう記憶していない。それでもあの頃の古谷の中にあったのは、生き方に不器用で消極的な青年への苛立《いらだ》ち、侮蔑《ぶべつ》、好奇。白井を少し毛色の変わった愛人以下の存在と侮《あなど》り、ずいぶん軽く見ていたのは確かだった。

やがて、教えたことを見事に吸収していく白井の柔軟性、当初の気弱な態度からは想像もできなかった粘り強く豊かな精神性、あのぱっとしなかった第一印象を裏切る意外なまでの繊細な感受性は、徐々に古谷の心をつかんでいった。

白井の中に古谷自身が思いもしなかった、人を許すことのできる強さ、やさしさを見たのは、いつのことだっただろう。

当初、ただ脆弱《ぜいじゃく》なばかりに思えた青年は、その後、様々な事件を経て、古谷が驚くほどの強さでしっかりとこの家に根を下ろした。

古谷は抱えてきた膝掛けをそっと青年の上に広げ、テラスの手すりに寄って、眼下の街並を眺めた。

テラスからは、いつの季節も穏やかな瀬戸内の海が一望できる。あれから五年あまりを経て、街は徐々に地震の起こる数年前となんら変わりないかのような、平和でのどかな景色を取り戻しつつある。

二度と再建できないかのようにずたずたに壊れていた阪神高速は、新たに鈍く銀色に光る防音壁を設け、すっかり元通りに車が行き交う様子が見てとれる。その向こうには湾岸線の幾重にも続く吊り橋の造形美、地震前からまた少し海のほうへと伸びた海岸線、そして幾隻ものフェリーや貨物船が浮かぶ海。

それは古谷が長らく愛してきた、やさしく美しい街並だった。

古谷は手すりに身体をもたせかけ、眠る青年を振り返った。

今、幸福ですべてが満ちたりているとはっきり言える。乾いて頑《かたく》なになってゆく一方だった自分の心に、潤いを注してくれたのは白井なのだとはっきり言える。

愛しているよ…、と初めて耳許でささやいたのはいつだったのか。

白井が驚いたように自分を見上げ、白い花が柔らかくほころぶように笑ったのは覚えている。

その笑顔があまりに美しくて、古谷はまだ恋慣れない少年のように、目の前の青年に見とれたものだった。

「和臣《かずおみ》さん…」

そのときの白井の笑顔を思い出した古谷が口許をやわらげていると、背後から白井の声がかかった。

振り返った古谷は、青年を起こした犯人を知る。

「カイザー、起こしたのか？」

家の中を頑固に古谷の後をついてまわっていた老犬は、チェアから下がった白井の指先に濡れた鼻面を押しつけていた。

古谷の咎《とが》める声が耳に入った様子もなく、仔牛ほどの大きさのあるグレート・デンはしきりに白井の手の下に頭を突っ込み、撫でることを要求していた。

白井は苦笑しながら、その頭を撫でてやっている。

「人間ばかりじゃなく、犬も年をとるとわがままになってくるもんだな」

古谷は普段は自分に従順であるはずの大型犬の背中を見下ろしながら、呆れ声で呟く。

「わがまま言えるうちが、花なんですよ、きっと」

白井は笑った。

「犬も老けるものなんですね。シーザーに比べると年取った顔してますよね、カイザーって」

お前、おヒゲが白いよ…、などと呟きながら、白井は不思議そうに犬の鼻面に顔を近づけている。

「コーヒーでも飲もうか」

「ええ、美味しいエスプレッソでも淹れましょう。頂きもののマロングラッセがあったから…」

白井が伸ばしてきたもう片方の手を取ってやりながら、古谷は頷《うなず》く。

握った手の指先が、うたた寝の名残《なごり》を残してほんのり温かい。

「夢をね…」

白井が嬉しそうに握られた手に頰を寄せる。

「夢を見てたんです」

「夢…?」

白井の頰から髪を撫でながら、古谷は尋ね返した。

「ええ、学生の頃の…、教室で一人でいる夢…」

白井は古谷に愛撫されるのにまかせながら、瞳を閉じる。

「あの頃の自分に教えてやりたい。

もう少し頑張れば、素敵な人に会えるって。もう、一人やないよって…」

あの時、感じていた辛さや寂しさを思うと今でも胸が痛い…と、白井は古谷の手を自分の胸許に導く。

「先生に会えることなんて夢にも思っていなかった。

毎日、毎日、辛い現実から逃げることが精一杯で、先のことなんか夢見ることもかなわなかった、あの時の自分に頑張れって…」

柔らかく上下するニット越しに青年の規則正しい呼吸を感じながら、古谷はけして幸福な少年時代を送ったとはいえない白井が、これまで受けてきた数々の傷を癒してやるようにそっとその大きな手をあててやる。

「カイザーが起こしてくれたから、辛いところでちょうど、先生の姿を目の前に見つけられた」

ほっとしたな…、白井は呟き、目を開けると少し微笑んだ。

古谷はかがみ込み、その唇に軽いキスを落とす。

「先生の匂い…」

ゆっくりと白井の腕が古谷の首にまわされた。

「今日は何もつけてない」

古谷が少し意外に思って白井の顔を見下ろすと、白井は頷いた。

「ええ、でも、これが先生の本当の匂いなんだって、僕、知ってる…」

古谷はそのまま白井の身体を抱き上げる。

「…先生…?」

重いのに…、と軽く抗《あらが》いかける身体を、本当に重いな…、と古谷は笑って白井の身体を部屋の中まで抱き入れると、下ろした。

「コーヒーは?」

白井が甘えるように首筋に顔を埋めるのに、古谷はそのこめかみに口づけながら短く答えた。

「この後で」

律儀に古谷の後について入ってきた老いた犬が、年を追って白っぽくなる尾を振った。

落ち着いたベージュ系で統一した古谷の部屋は、穏やかな秋の日射しのために温かく見える。がっしりした樫材のダブル・ベッドに心地よいリネン。白井はいつも、この古谷の寝室が好きだという。

細い指を取り、何度も丹念に口づけると、羽根枕に身をもたせかけた白井は恥ずかしそうに頬を染めた。服を脱ぎ落とすとさすがに肌寒いと言うのを、二日前に入れたばかりの毛布でそっとくるんでやる。

上目遣いに古谷を盗み見る愛人は腕を伸ばし、剝き出しになった古谷の肩も共に毛布の中へと包みこむ。抱きしめた白井の身体は温かい。豊かとはいえない見た目とは裏腹に、青年は少し高い体温を持っていた。

共に一つ毛布にくるまりながら、古谷は細いうなじにぽつんと覗《のぞ》く色ぼくろを指先でなぞった。

かすかな吐息が漏れる。

よく慣れた間合い、お互いが自分のもののように馴染んだ肌、溶け合う体温。

なのに、いつ抱いても新鮮な驚きに出会う、二人だけの儀式でもある。

「先生の…」

布団の中で子供同士が内緒話でもするように、白井はそっと古谷の目許に指を伸ばした。

「和臣さんの目許の笑いじわが好き…」

小さな打ち明けごとのような柔らかな告白に、古谷はふっと目許を和ませる。

「ほら、先生が笑うとここに出来る目許のしわ。すごく優しい…」

白井も嬉しそうに目を細め、何度も指先で古谷の目尻を繊細になぞった。

「ほめたって何も出ない」

「それは少し残念」

笑うと、優しい軽口が帰ってきた。

手を握り合い、啄《ついば》むようなキスを毛布にくるまって互いに繰り返す。

白井が笑って、古谷の髪を少し乱した。その仕返しに古谷は白井の身体を押さえつけ、ふざけてその胸の上に体重をかける。

「まいったか?」

広いベッドの上でひとしきり子供のような小競り合いを笑いながら繰り返し、上に乗り上げて勝利宣言すると、白井も少し息を乱しながら、降参、降参と古谷の腕を握りしめる。

そんなじゃれ合いとは裏腹に、触れあった下肢はお互いに少し昂りかけている。

「負けた君が、勝った私の言うことを聞く」

白井の両手首をつかんでヘッドボードの方へとねじり上げながら、脚の間のものを膝先で軽く嬲《なぶ》り、その顔を見下ろすと、白井も笑いながら珍しく少し古谷に挑むような悪戯《いたずら》っぽい目を向けた。

視線の中に含まれる、淡い媚態と甘受。

「いいですよ」

何をしましょうと微笑む白井に、古谷は唇を軽く重ねた。

「ソフトＳＭ」

本気にしてないのか、白井はまた軽い笑い声を上げる。

「あとで泣くよ」

「いつも泣かされてるのに？」

いったん身体を離し、ワードローブを開ける古谷に、首まで毛布にくるまった白井は小首を傾げる。

「痛いのは嫌です」

「痛くないよ、目隠しするだけだから」

子供を騙すようなたわいない言葉を重ね、古谷は取り出した柔らかなスカーフで青年の視界を奪った。

白井は柔らかい抗議の声を上げながら、ゆっくりと古谷の押さえつけるままに身体を開いてゆく。のけぞる喉許を吸い上げると、すぐに甘い声が漏れた。

視界のないぶん、青年はいつもより刺激に過敏だった。

肩口から胸許へと唇を這わせるだけで、切ないほどの泣き声が漏れ、古谷の組み敷いた身体が震えた。

抱き込んだ身体は腕の中で反り返り、すぐに青年の下肢は反応する。せがむように両脚が古谷の腰を挟み込んでくる。

怖いから…、と青年は喘いだ。

過剰なほどの快感が怖いから手を握っていてくれ…、と白井は指を伸ばした。その手を取りながら古谷が白井のものを含んでやると、青年は浅ましいほどの声を洩らして腰をのたうたせる。

白井のおっとりとした女顔とは裏腹に、はっきりと男のものである証《あかし》が古谷の口腔で脈打ちはじめる。

「…やっ…、あっ…」

見えないためにより羞恥心が煽られるのか、自分の浅ましさが恥ずかしいと白井は必死に腰を捩らせた。

なのに下肢は白井の意志とは別物のように、煽るように上下に蠢《うごめ》く。

「…んんっ…」

鼻にかかった呻き声を上げると、白井はあっけないほどにすぐに爆《は》ぜた。

少し弛緩《しかん》した身体を抱き寄せると、古谷は興奮の名残にまだかすかに身体を痙攣《けいれん》させている青年が、スカーフで覆った目許を濡らしていることに気づいた。

「やっぱり嫌だった？」

耳許に口づけ、尋ねると、白井は違うと首を振る。

「見えないと本当に制御できないんです。

身体も声も涙も…」

あなたに触れられていると思うだけで、気が変になりそうだから…、と白井は恥ずかしそうに呟き、濡れた目許を目隠しの上から押さえた。

古谷は手を伸ばして、白井の目を覆っていた布を取り除いた。

「痛かったね」

子供をあやすように声をかけると、大丈夫…、とまだ頰を上気させたままの白井は首を振る。

そして、古谷の手にした布を受け取りながら、少しもの問いたげな視線を寄越した。

「先生…」

そのいつもよりやや艶《つや》の乗った声で、古谷は白井の意図していることを知る。

「いいよ」

背を向けてやると、するりと伸ばされた腕が古谷の目を布で覆った。

「何も見えないですか？」

「大丈夫、見えない…。

結構、思ってたより明るいけどね」

古谷は昼の日射しのせいか、予想よりも明るい感覚に、後ろから巻き付いてくる白井の腕を抱えてやる。

痩せてはいるが、いつもは柔軟に古谷の腕の中でたわむ身体だった。

「苛《いじ》めますよ」

「かまわないよ」

背後から男の身体を抱く青年に、古谷は低く笑った。

いつも慎ましく受ける一方の青年に、たまには思うように古谷の身体に触れる権利を与えてやりたかった。

「…嘘…、そんなこと出来へん…」

青年の腕が愛おしそうに、ぎゅっと古谷の身体を背後から抱きしめてくる。

「和臣さん、こっち向いて…」

濡れた声に導かれるまま、古谷は向きを変えてやった。

向かい合ったまま、しばらく白井が何もしてこないので、古谷は手探りで白井の頬へと指を伸ばした。

白井は愛おしそうにその指先に口づける。

「好き…、こんなに好き…」

古谷からは見えないという安堵があるのか、思いもしない激しさで、唇が重ねられてくる。古谷は唇を貪《むさぼ》られるままに、ベッドの上に倒れ込んだ。

それでも古谷が怪我をすることのないよう、青年の腕がかばうように頭を抱えて枕の上へと置く。

欲情した獣のように何度も唇を吸い合ったあと、丹念なキスと細やかな愛撫が、古谷の肌の上を滑ってゆく。青年の軽い髪の感触が臍《へそ》のあたりに落ちると、そこにまた丹念に小さな舌を這わせ、ゆっくりと白井は古谷のものを口の中に咥《くわ》えこんだ。

熱い口腔にねっとりと含まれる感触に、古谷は低く呻いた。

確かに視界を奪われている分、いつもより快感がダイレクトに感じられる。しかも、それを押さえる理性が、自分の中でもひどく頼りないのがわかる。

もともとの性癖のせいか、青年は男のものを口に含むという行為自体への嫌悪感はないようで、むしろいつも熱心に男の欲望に仕えようとする。濡れた舌使いは巧みで、しかもいっぱいに膨れ上がったものを含みきるのは辛いだろうに、喉の奥へと熱心に吸い上げてゆく。

「明佳っ…」

古谷は眉を強く寄せ、喉の奥でうなり声をかみ殺した。

青年が名残惜しそうに先端に口づける。

かたわらでサイドテーブルの引き出しの開く音と、ビニールの小袋を開けるかすかな気配がする。

また先端に口づけられたあと、ゴム特有の圧迫感が根元まで滑るように押し下げられた。少しひんやりと冷たい潤滑剤がゴムの上に塗りつけられ、そのあと古谷の身体の脇でわずかに濡れた音が聞こえたときには、青年が少し恥ずかしそうにする気配があった。

「聞かんといて…、浅ましいから…」

白井の髪が肩口に触れ、火照《ほて》りと欲情を持て余して喘ぐ声が訴える。

しかし、青年の身体の内部を濡らしてゆくそんなかすかな音すら、強烈な刺激になるから不思議だった。

白井がゆっくりと覆いかぶさり、胸を合わせ、身体を添わせてくる。

古谷のものに片手を添え、何度か姿勢を確かめているようだったが、やがて古谷自身は熱く狭い肉の中にゆっくりと呑み込まれてゆく。

「…っ…」

古谷の手助けなしに内部に導く白井自身も辛いのか、途中で何度も青年は逃げ気味に腰を浮かせて喘ぐ。

「…あ…っん」

手を伸ばし、なめらかな臀部を押し開くようにして突き上げてやると、ほっとしたような、嬉しそうな泣き声が上がった。

強い圧迫感と共に、一気に狭く熱い粘膜が押し包むようにまとわりついてくる。

「せんせ…っ…」

古谷の肩に両手をつき、青年は辛そうに喘ぎながらも、ゆっくりと腰を揺らしはじめた。

「…んせい…、和臣さん…」

堪《たま》らなそうに喘ぎながら、青年は古谷の上に乗りかかり、ゆっくりと腰を上下させる。

熱く蠢きながら締め上げてくる肉の感触に、古谷自身も堪《こら》えきれずに呻く。

「……ああ、どうしよう……、どうしよう……」

鼻にかかった泣き声を上げながら、それでも古谷を貪ろうとするかのように、青年は腰を使っている。

次第に動きは激しくなり、そのたびに古谷は普段ではとても漏らせない悲鳴に似た声を喉の奥で噛み殺した。

与えられる一方で、自分では制御できない苦痛にも似た快感に、古谷は青年の痩せた肩をつかみ、胸で固く突起した乳首に小さく爪を立てて抗議する。

「あぁ……、いい……、いい……っ」

硬起した乳頭に爪を立てると、白井の泣き声が跳ね上がる。

遮られた明るい視界の中で、細い顎をのけぞらせて喘ぐ白井の、忘我の表情が見えるようだった。


激しい行為に疲れて軽く眠っていたのか、古谷が目を覆っていた目隠しを取ると、日射しはかなり西へと傾きかけていた。

やはりぐったりとかたわらに身体を投げ出し、気を失っていたような白井を見下ろす。白井は普段は怠惰とはほど遠い性格ながらも、さすがに疲れ切っているのか、珍しく古谷の動きに薄く目を開けたきりだった。

　服を身につけた古谷がキッチンでエスプレッソを淹れ、カップのかたわらにマロングラッセを載せて戻ると、白井はまだ裸のまま、古谷が横たわっていたところにそっと指を這わせていた。

「どうした？」

　尋ねると、青年ははにかむように笑う。

「先生の熱の名残を…」

　古谷はトレイをサイドテーブルに置きながら、白井の額に口づける。

「ずいぶん、搾《しぼ》り取られたからな。へとへとだ」

「ひどい…」

　カップを受け取りながら、白井が微笑んだ。

　白井がかたわらへ少しつめるシーツの上へ身を潜り込ませると、リネンは青年の体温を残して温かかった。

「名残の熱の…」

　言いかけた男に、白井が目に笑みを含ませたままの目を向ける。

「何です…？」

　カップを口許へ運び、青年は首を傾げる。

「愛おしさかな」

古谷は笑って、青年の頬に口づけた。

END

有罪

二十世紀最後のクリスマスに…

I

十一月も末、師走を控えて、日の落ちるのがかなり早くなってきていた。

しかし、六甲山の麓《ふもと》にある私立病院の循環器科のナースステーションは今日も明るく、賑《にぎ》やかだった。

テーブルの上には五十センチほどの高さのツリーと、飾り付けを待つ、色とりどりのリボンやデコレーションが広げられている。病棟内ではあったが、眺めているだけで楽しくなってくるような飾りの数々だった。

外科に比べて、長期入院患者の多い棟内に、少しでも明るい気分をもたらそうと、数年前から毎冬、ナースステーション前や病室の一部に、こうしてツリーやリースなどの飾り付けが行われている。

今年、勤務医になって五年目の白井明佳《しらいあきよし》は、白衣のまま、連なった電球のコードを手に説明書を広げ、首をひねっていた。

「ねぇ、これ、けっこう配線難しいね」

今年で三十一になったが、瓜実顔《うりざねがお》の男雛《おびな》にも似たおとなしげで上品な顔立ちの青年医は、一人、白衣のままで看護婦達の間に混じってナースステーションにいても、あまり違和感がない。

ほっそりとしているが、身長などは他の医師に比べてもそこそこあるのに、そのおっとりとした性格や雰囲気のせいか、看護婦達からはまるで女友達のような扱いを受けている。

ナースステーションで看護婦に混じってお茶菓子をつまんでいるのもごく日常的なことで、循環器科の十人近い医師達の中でも、こんなツリーの飾り付けにわざわざ呼ばれるのは白井ぐらいのものだった。

「やだ、先生、機械オンチねーっ。簡単よ、この線つなぐだけだから」

仲のいい准看護婦達が、賑やかに笑いながらも手を貸してくれる。

「あ、ほんまや、ついた、ついた」

交互に明るく灯るランプを眺め、白井がおっとりと笑うと、今年入ったばかりの看護婦の村上《むらかみ》が少し笑って白井の横顔を見上げる。

「…何？」

十以上も年の違う若い看護婦がもの言いたげな顔で自分を見るのに気づき、白井が尋ねると、村上は照れたように笑った。

「何か、たまに先生が話すのを聞くと、ああ、関西の男の人だなぁって思うんです」

白井はきょとんと、まだどこかあどけない印象の看護婦を見つめ、破顔した。

「ああ、僕、京都やから。

昔、祖母には、男の京都弁なんていやらしいだけや…って、えらく怒られたんだけどね。

結局、直らなかったなぁ」

白井は昔、ずいぶんきつく自分を叱った祖母を思い出しながら、おっとりとした口調で言った。

あの頃は、祖母の影に怯えるばかりだったが、実質、実家からも見放されていた存在の白井を、まがりなりにも成人するまで年老いた手で育ててくれた苦労は、どれだけのものだったのだろうかと、考えられる余裕が出てきたのはごく最近のことだ。

礼儀作法に厳しかったのも、白井とは六十近く年の離れた祖母が受けた戦前の教育そのものが厳しかったせいではないかと、今では思う。

もっとも、そこまで色々と考えられるようになったのは、祖母が死んで五年以上もの年月が過ぎてからのことだった。

「でも、ここに来るまで、関西弁って怖いばっかりだと思ってたんですけど、先生の話すのを聞いてたら、怖いばっかりじゃないなって思うんですよー」

「僕のまわり、祖母も含めて、ほとんど女の人ばっかりやったから、ちょっと言葉つきも普通より女性的らしいしねぇ」

白井は白衣のポケットに手を突っ込んだまま、肩をすくめて笑う。

白井の肩ほどしかない小柄な村上は、まだどこかあどけないような印象の顔で、そうですかぁー、と笑った。

そう答える村上自身、九州の看護学校出身で、同じ学校からやってきた看護婦同士で喋《しゃべ》るときには、ずいぶんおおらかな言葉で話していて可愛らしいと白井は思うのだが、そう言うと本人は男みたいな言葉だからといって恥ずかしがる。

「はい、先生、一番上の星」

他の看護婦に当然のように手渡され、白井はツリーの上にピカピカの星を取り付けた。

以前に白井が初めてこの一番上の星をつけたとき、何かいいことが起こりそうで嬉しいねと、子供のように喜んだことを、看護婦達は覚えていてくれているらしい。

「先生、今年のクリスマスは予定あるんですかぁ？」

「うん、あるよ」

軽く尋ねられ、軽く答えた白井に、看護婦達はいっせいにどよめく。

「ええっ、聞いてないー！」

「秘密にしてるもの」

白井はにこにこ笑いながら答える。

「誰、誰、教えて」

「それはダメー」

白井は少し頬を上気させながらも、おっとりとした柔らかな口調で、質問を軽く笑いながら受け流す。

「えー、いいなぁ。私も彼氏と一緒に、ルミナリエとか行きたーい」

看護婦達はほとんどタメ口に近い言葉で、さかんにうらやむ。

白井は天使の飾りを手にしたまま、はにかんだように笑うばかりで、誰が相手だとか、どこに行くのだとかの詳細については、いっさい口にしない。

「あ、クリスマスの飾り？　私も混ぜてよ！」

ナースステーションの扉が開き、いつもの陽気な口調で嶋津《しまづ》が入ってくる。

杏仁型の大きな目を持ったあいかわらずの美人だが、陽気で強気で、看護婦の中でも目立って綺麗なその顔立ちには似合わず、驚くほどにけたたましい大阪弁で話す。白井にとっても、長らくの友人である看護婦だった。

もっとも、嶋津の旧姓が使用されているのは職場内だけで、すでに嶋津は二年前に結婚し、工藤《くどう》へと姓は変わっていた。

白井に会った頃はほとんど赤に近かった髪も、今はまっすぐに伸ばされ、柔らかな色にカラーリングされて、後ろで小さくまとめられている。

「嶋津さん、挨拶回り終わったの？」

白井の問いに、嶋津は終わったよー、と赤いブーツを手に取りながら元気よく答える。

「もう、みんな、私がいないと寂しい、寂しいってさぁ、最初はすっごく嬉しかったんだけど、あまり挨拶する人全員に言われると、普段、私ってそんなにやかましかったのかしらなんて思えてきて、素直に喜べなくなってきてさぁ。

婦長なんて、あなたがいないと静かになるわーなんて、私の顔見てしみじみ言うしさー。それって、どういう意味よって感じ。なんか、微妙な気持ちーっ」

嶋津はてきぱきと手を動かしながらも、口を尖《とが》らせる。

嶋津は今月で退職し、夫の転勤について、東京に行くという。それでも看護婦はしばらく辞めず、東京の病院でも働くつもりだと、先日も元気に白井に報告してくれていた。

白井も看護婦仲間の中で一番つきあいが長く、まるで姉や妹のように仲のよかった嶋津がいなくなると思うと寂しくなる。

嶋津は白井にとって、古谷以外では一番細かなことまで親しく喋り、ずいぶん親身になって話を聞いてくれる相手だった。多弁で気さくな割には本当に大切なことについては口も堅く、信頼できる友人でもある。

「でも、寂しくなるのは本当だよ」

少ししんみりした白井の肩を、五つも下の看護婦はいつものように、何言ってんのよ、と景気よく叩く。

「大丈夫やって、ちゃんと東京からもメール送るって。先生こそ、ちゃんと返事ちょうだいよ」

「うん、送る、送る」

「私も築三十五年の社宅の近況報告なんかしちゃうからさぁ」

「築三十五年って、けっこう古いよね」

「古いって、古いって、もっお、めぇっちゃくちゃ古いって。

古いぶんだけ、広いっちゃー広いっていうのだけが取り柄やねんけど、この間、下見に行ったら、あらゆるところからすきま風入りまくり。どこから入ってくるのよ、この風はっていうぐらいに寒いのよ。冬になったら私こんなところで生きていけんのかしらって思ったわ。

お風呂はお風呂でさぁ、もうびっくりしてんけど、実はシャワーがついてないねん。ちょっと、信じられる?」

「ほんまに？」

「そうよっ、ついてないねんよっ！　ちょっとマジかよって、もーう私は我が目を疑ったわね。もう絶っ対、絶対、この水栓換えたるって。ホームセンターとか行ったら、最近は素人でも換えられるように水栓売ってるでしょ？　あれを買ってきてさ……」

「あら、嶋津さん、戻ってきたの？」

嶋津のいつものような勢いある毒舌爆裂トークがはじまったところで、カルテを抱えた婦長が戻ってくる。

「戻ってきたなら、申し送りでバタバタする前に、ここで挨拶しときましょうか」

最後の最後までよく通る声で賑やかに喋っていた嶋津も、退職者の恒例行事を控えて、さすがに殊勝に頷《うなず》いた。

「はい、お願いします」

婦長が内線をかけると、まもなく医局の方から、出勤している循環器科の医師全員がナースステーションにやってくる。

さすがに医師までが全員入ると、ナースステーションも狭く感じられる中、最後に長身の古谷《ふるたに》和臣《かずおみ》がステーション内に入ってきた。

この大型総合病院内でも一番の美丈夫と名を取る男は、内科部長の肩書き通り、いつものように威厳のある落ち着いた面持ちだったが、白井と目が合うと、ほんの一瞬、白井だけに分かる様子で目許を和ませた。

白井もわずかに、それに応える形で笑みを返す。

全員が揃うと、狭くなった部屋の中でみんなが丸い輪を作る中、普段は明るく賑やかなキャラクターで通った嶋津も、お世話になりました…と、珍しく真面目な顔で最後の挨拶を締めくくった。

嶋津の退職の挨拶が終わると、看護婦一同からの花束を婦長が、そして、循環器科の医師一同からの花束を、内科部長と医長とを兼ねる古谷が手渡す。

長い間、お疲れさまでした…、と花束を持って古谷が進み出ると、嶋津は少し頬を上気させ、緊張のためにこちこちになった顔でお辞儀をした。

今でこそ人妻となっている嶋津だが、もとは白井がこの病院にやってくる前から、長らくの古谷のファンだったという。

嶋津の古谷への傾倒ぶりを知る看護婦仲間が、拍手をしながら冷やかしの声を上げる。

大きな花束二つを嬉しそうに抱えながら、嶋津は最後にみんなの前で一礼した。

「白井先生、どうしようー。古谷先生に花束もらっちゃったぁ。はぁー、緊張したわぁ」

挨拶が終わり、医師達が医局へと戻ってゆく中、嶋津は白井の横にやってきて、まだ上気させたままの頬をこすった。

「よかったね」

白井が微笑むと、花束を抱えたままの嶋津ははっと気づいたように顔を上げ、部屋を出ていこうとする古谷を振り返って、白井の腕をつかんだ。

「先生っ、私、最後に古谷先生と写真、撮りたいっ。お願いっ、後生やから撮らせてっ。今日も写真撮ろうと思って、カメラ持ってきてんから」

「じゃあ、僕がシャッター押したげるよ」

勢いに押されるままに頷きながらも、白井はわざわざ自分の許可を求める嶋津のやさしさを嬉しく思った。

以前、白井と古谷との関係を知り、周囲にばらすと脅迫したこともある同僚の櫻井《さくらい》が他の病院に移ったあとは、循環器科内では唯一、この嶋津だけが、白井と古谷との関係を知る存在でもあり、白井のよき理解者でもあった。

「これ、これで撮って！」

嶋津はいつものように賑やかに、テーブルの上に置いてあったカメラを白井の手に押しつけ、廊下を歩く古谷の背を追っていった。

「古谷先生、古谷先生！」

大きな花束を抱えたまま、嶋津が声を上げてナースステーションを出てゆく様を、白井は微笑みながら見送り、手にしたカメラのカバーを外しながら、自分も廊下に出ていった。

「あの…、古谷先生、私、最後にお願いがあるんですけど…」

嶋津は立ち止まった古谷に、珍しくおずおずとした口調で言っている。

私は見かけによらず、男の人立てるねんから…という言葉通り、長の憧れであるという古谷の前では、嶋津はいつも借りてきた猫のようにおとなしい。

「何？」

「…あの、…あの、一生大事にしますから、最後に写真、一緒に撮ってください」

お願いしますっ…、と嶋津は深々と古谷に頭を下げている。

「写真？」

不思議そうに首をひねった長身の古谷が、微笑ましい思いで二人を見ている白井に気づき、少し困惑したような顔を見せる。

君も一枚かんでるの…？、とでも言いたげな顔だった。

「嶋津さん、どうしても最後に、古谷先生と一緒に写真を撮りたいんだそうですよ」

白井はカメラを手に、古谷に声をかけた。

さっき、ナースステーションを出てゆく古谷と目交ぜしたときにも胸中をよぎった、かすかな罪の意識、背徳感。おそらく、こうして二人で生きて行く道を選んだ以上、ずっと共に抱えてゆかなければならない、共犯者めいた意識。

甘美でありながらも、一生、人前では口に出すことはできない胸苦しさが、いつもその裏には伴う。

「写真ぐらい、別にいいけど…」

古谷はごくさりげなく白井から嶋津の方へと視線を戻すと、いつもの理性的な上司の顔に戻った。

「本当ですかぁ」

顔を輝かせ、嶋津は嬉々として古谷の横に並ぶ。

「えへへへ、腕組んじゃおー。あ、先生、よかったらこっちの花束、持ってください」

嶋津が二つのうち、一つの花束を古谷に手渡し、少し緊張した面持ちで男と腕を組んでいるところを、白井は写真に収めた。

「これでよかったのかな」

花束を嶋津に返しながら尋ねる古谷に、嶋津はありがとうございました…、と嬉しそうに応じて最後に握手を求めた。

「いや、こちらこそ、長い間お世話になりました。どうもありがとう、これからも頑張ってください」

古谷は短く礼を言って嶋津の手を握り返し、白井に軽く手を上げて医局に戻っていった。

「あー、もう、結婚式の時よりも緊張したよー。どさくさに紛《まぎ》れて腕まで組ませてもらったけど、こんなに緊張したんて、中学の時にバレンタインのチョコレート、好きやった子に渡した時以来とちゃう？

今晩、絶対にこっちの腕は洗わないでおくわ。もうもう、感激ーっ！」

白井のところに戻ってきた嶋津は、古谷と組んだ腕を撫でながら言う。

「あんなにこちこちに緊張しなくても」

珍しく顔をこわばらせていた嶋津に苦笑しながら白井が言うと、嶋津は廊下で胸を反らす。

「わかんないかなー、この女の純情がぁ。

古谷先生は私の王子様なのよ。歩く憧れ、歩く神。理想の権化で、自然界の気まぐれ、卓越した美の結晶。きっと先生は、神様に愛された存在なのよ。そうじゃなきゃ、あそこまで徹底して美しく生まれた理由がわからへんわ。古谷先生をこの世に存在させてくださった、先生のお母様は手を合わせて拝みたいぐらい。

そこいらの十把《じっぱ》一絡《ひとから》げの男どもとは違って、気安く口を利けるような存在じゃないのよ」

あー、今日まで生きててよかった…、と気っぷのいい嶋津は、ぽんぽんと言葉を重ねる。

「ねぇ、あんな人と毎日一緒に暮らしてたら、緊張しない？」

白井は苦笑する。

「最初は緊張したけど」

「あたしやったら緊張しすぎて、玄関入ったところで固まって石像になるわ。チューはおろか、お話すらもあんなにカチンコチンになるのに。

もう、エッチなんて絶対ダメ、絶対ダメ。もう絶っ対に考えられへん」

「嶋津さんはおもしろいねぇ」

白井は突拍子もないことをぽんぽんと言ってのける友人に、あらためてつくづく感心する。チューだのエッチだのと言われても、嶋津の場合はあまりにあっけらかんとさばけすぎているので、恥ずかしいと思うひまもない。

「先生は相変わらず、なんかおっとりしてるよねぇ。それぐらいじゃないと、確かに古谷先生とはやっていかれへんかも」

嶋津は頷くと、顔を白井に寄せ、少し声をひそめた。

「白井先生も、古谷先生に大事にしてもらって、もう喧嘩なんかしちゃダメだからね」

「もうしないよ、それにあれは喧嘩じゃないんだし」

ナースステーションへと戻りながら苦笑する白井の言葉に、嶋津は頷いた。

「そうだよね、古谷先生も今はずいぶん、白井先生のこと大事にしてるのがわかるもんね」

長い間、古谷と白井との関係を温かく見守ってくれた嶋津はそう呟き、ナースステーションの受付脇にある、二匹の小振りなフグが今日も元気に泳ぐ水槽を覗《のぞ》き込む。

古谷の家にやってきたときには、体長四センチほどの小さなフグだったが、今は十センチ弱に成長している。

人なつっこく、愛嬌のある顔で寄ってくるのが、職員ばかりではなく、患者にも人気だった。

「あー、私、このフグ、東京に連れて行きたかったなぁ」

「もらってく？」

笑いながら首をかしげる白井に、嶋津は首を横に振った。

「婦長さんがダメって、これは地震でも生き残った縁起のいいフグだから、会いたかったら、また、うちに戻っていらっしゃいって。

だから、また旦那の異動でこっちに戻ってきたら、ここに帰ってくるからね」

嶋津は大きな花束を二つ、わさわさと抱えたまま、ガッツポーズを作った。

「うん、待ってるからね」

再び、この元気な友人と再会できる日を思い描きながら白井も笑って頷き、そういえば…、とナースステーションに引き返す。

そして、用意してきた薄い包みを、嶋津に手渡した。

「何だろう、開けていい？　開けていい？」

嶋津が嬉々として包みを破ると、中から鉛筆描きのラフなデッサンのような、シンプルな絵本が出てくる。

色はなく、詞書《ことばが》きもない、飼い主に捨てられた、ある犬の絵本だった。

「ああっ、『アンジュール』！　私が先生のところで借りてって、泣いた絵本やん！」

「うん、嶋津さん、好きだって言ってたから…」

嶋津が以前、白井のマンションに他の看護婦数人と連れだって遊びに来たときに、白井の部屋にあった絵本を何冊か嶋津が持ちかえって読んだうちの一冊だった。

「もぉ、先生、最後に泣かせてくれるやん。大事にする、大事にするからね」

嶋津は少し涙目になって、白井の手を握りしめ、何度も大きくぶんぶんと上下に振った。

白井がポケットからハンカチを取りだして貸してやると、嶋津は綺麗な目許をぬぐって、涙ぐんだ自分にちょっと照れたように、いつもの笑顔でニカッと笑った。

二人が連れ立って、またもとのようにツリーの飾り付けに戻ったナースステーションに入ってゆくと、若い准看が嶋津に声をかけてきた。

「嶋津さぁん、白井先生、彼女いるそうですよー。クリスマスも予定あるんですって」

「ふふーん、私、知ってるよ。すっごく、すっごく可愛い人だよね」

嶋津はけろりと答えて、ね、と白井に相槌を求めた。

そうだねぇ…、と白井も苦笑する。

ええ、ずるぃー、私も見たぃー…、という看護婦達の声に、嶋津は顎を反らせる。

「それはダメー、内緒でーす」

「内緒でーす」

白井も声を重ねて答えると、嶋津と視線を合わせ、笑った。

テーブルの上には、飾り付けのほとんど終わったクリスマス・ツリーが載っている。

II

「すごい人ですね、中継車が出てる」

イブの夜、多くの人々でごった返すトアロードを南へと下りながら、白井はおっとりとした口調で、屋根の上にカメラを構える中継車を指差す。

クリスマス・イブの夜が日曜に重なったせいか、神戸の市街で行われるルミナリエは、家族連れや観光客に加えて、例年よりも圧倒的にカップルが多い。神戸大丸の周辺一帯には車の通行に大幅な規制が敷かれ、南京町やトアロードは大勢の人々で埋め尽くされている。

この十二月も末に近い時期だというのに、広い通りは人いきれで暑いほどだった。

正面にはクリスマス用のイルミネーションを施した、神戸大丸の優美な白い建物がライトアップされ、南京町の入り口には赤々とした照明が下がって、新しくできた中華料理店の赤と黄色の派手な建物を浮かび上がらせている。

見渡す限り、通り一面は人で埋まっており、長身の古谷には狭い南京町の通りまで、その人の波で溢《あふ》れているのが見える。

まだ、電飾の施されたメインの通りにも入らないというのに、人の波は何度も道の途中で止まる。

巷で盛り上がるクリスマス気分と、そして繊細な光のアーチをくぐる興奮とに、白井自身もやや浮かれているのか、古谷の肩に強く押しつけられながらも、人混みの中に立ち止まり、光に溢れた明るい街角を見まわしている。

古谷はそんな人の群れの中で、白井の声に振り返って中継車を眺め、口許だけで笑って応えるにとどめた。

もともと古谷は人混みや喧噪は嫌いで、以前はこんな場所には絶対に足を踏み入れたくないと思っていた。

しかし、白井と共に歩いていると、それを自分でもあまり苦痛に思っていないこともあるから不思議だった。時には、そんな季節ごとの行事などで混雑した場所の賑わいも、それなりに歳時の一環として楽しんでいることもある。

人の波に少しずつ押されるようにして、ようやく通りをまがり、美しい電球のアーチが連なるのを見たとき、周囲がいっせいにどよめくのに紛れて、すぐ隣の白井の口から、きれい…、と小さく声が洩れた。

今世紀末の最後の光の門は、繊細な雪のモチーフで作られていた。

「なんか、街がこんなに綺麗になって、こんなに賑やかな時間を送れて…」

光のアーチに向かって、次々と周囲でカメラのフラッシュがたかれる中、おっとりとした京訛で言いながら、白井は目許を柔らかく細める。

白井がそのあと、言葉にしなかった思いが、古谷にはよくわかる。

震災後、まだこのあたりのほとんどが暗くだだっ広い更地で、まるで廃墟のようだった街の中に、夢のように綺麗な光のアーチができた瞬間を、おそらく白井は忘れていないに違いない。

今でこそ、人の熱気とざわめき、次々と光るフラッシュに紛れてしまってわからないが、あの何もなかった寒々とした街角では、アーチの下をくぐると、その色とりどりの光の美しさだけではなく、電飾のやさしくほのかな温もりが身を包み、驚くほどの幸福感に包まれたものだった。

商業目的、観光目的と言われているのを知りつつも、毎年、人々が光の門をくぐるのは、あの時、身を包んだ柔らかな温もりが忘れられないせい、自分の心の中にさえ、柔らかな光が灯ったように思えたあの瞬間が忘れられないせいではないかと、古谷は思う。

毎年、人の波に紛れて、こうして白井と二人連れだって、わざわざ苦手だった喧噪の中に足を踏み入れるのは、多分、二人で歩んできた時間をそこに見ることができるからだった。

最近、古谷は自分が口にしなくとも、白井が驚くほどに自分の気持ちを汲み取ること、そして逆に、白井が口にしなくとも、その豊かな心の動きが自分の中に伝わってくることに、違和感を覚えなくなっていた。

この何年間かを通して、古谷にとっては、白井がかたわらに寄り添うようにしていることが、それほどまでにごく自然なこととなっていた。

昔、研修医として白井がやってきたとき、おどおどとした性格をあれほどつまらなく、時には蔑《さげす》みすら感じることもあったのに、なのに、身内にもほとんど愛されずに育ってきた青年は、わずか数年で、枯れかけた細々とした苗木が水を吸い、たわわな実をつけるように、驚くほどにその雰囲気を変えた。

この痩せた身体のどこに、これほどまでの豊かさを秘めていたのだろうと、それだけは今も不思議に思う。

おそらくそれは、白井自身がぼやけたような印象の殻の中に、ずっと固く押し殺してきたやさしい資質だった。

雪をモチーフとした、連なる光のアーチをくぐりながら、古谷は今、共に横を歩く白井の存在を、誰よりも愛おしく思っていた。


「少し、酔った？」

白井の前に店のバーのドアを開けてやりながら、古谷は頬を上気させた白井を見下ろす。温かかった店内とは違って、ドアを開けると、十二月も末に近い外は夜も更けているせいもあって、ずいぶんと冷え込んでいた。

ゆっくりと時間をかけて食事をとったあと、場所を変えて、バーでも落ち着いた時間を楽しんでいたために、時計の針はすでに二時に近い時刻を指している。

明かりの落ちた通りには、すでに人影もない。

「ええ、少し…」

白井は前を開けたままの長いコートの裾を揺らして、通りへと足を運びながら、首からかけたマフラーの端を手にし、ゆるやかな仕種で頬を押さえる。

酔いのせいか、普段よりも濡れたその視線がわずかに揺れ、流れる。

以前よりは少しアルコールに強くなったものの、やはり基本的には下戸《げこ》の口である白井は、酔うと自分が必要以上に淫らがましくなると、恥じているところがあるようだった。

食事の時も、二人で頼んだ赤ワインを、フルコースの間に、ようやくグラスの半分と少しを飲んだだけで、あとは古谷が飲むのを自分のことのように嬉しそうに見ていた。

ルミナリエをくぐったあと、二人はすいた裏通りを再び元町の方へと戻って、隠れ家のようにこぢんまりとしたフレンチ・レストランで、ゆっくりとコースを食べた。

白井が看護婦に教えてもらったという店だが、少し通りから奥まった新しい店であるぶん、高級レストランとは違い、手ごろな価格設定で、雰囲気もシックで落ち着いていた。席はさすがに一杯だったが、クリスマスシーズン特有の軽々しい騒がしさはなかった。

店内のクリスマスの飾り付けはごく素朴でシンプルなもので、まるで友人の家に招かれたような、居心地のよい賑わいと温かみ、そして美味しい食事とがあった。

以前はどこへ行くにしても、何をするにしても、すべてにおいて古谷がイニシアティブを取っていたが、最近では白井から積極的に何かをしようとか、どこかへ行ってみたいと言い出すことも多い。

そして、古谷はいつもそれを、微笑ましく許した。

自分の愛する者が喜ぶ顔、生き生きとした姿を見るのが、これほどまでに楽しいことだとは、古谷自身、考えてもみなかった。

食後、店のすぐ側にあった、小さなバーに二人して入り、さらにゆっくりと時間をかけて、何杯かのカクテルを飲んだ。白井が空けたのはグラス一杯だったが、その間に東京に行った嶋津の話や、看護婦仲間の間で、今も古谷がどれだけ人気があるかなど、とりとめもなく嬉しそうに話していた。

古谷は濃紺のコートのポケットの中に手を突っ込み、自分も軽く心地よい酩酊感に身を任せながら、キャメルのコートをまとったほっそりとした白井の背を追う。

さすがに真夜中ともなると、さっきのお祭り騒ぎも夢のようにおさまっており、人気のない暗い裏通りには、澄み切った冷気の中でコツコツと二人の靴音が響く。

ふんわりとした足取りでわずかに先を歩いていた白井は、振り返り、にっこりと嬉しそうに笑うと古谷の隣に戻ってくる。

そして、誰もいないのを見はからって、少し気恥ずかしそうに腕を絡めてきた。

「…少しだけ…、ね…?」

甘えるような声がささやくように言い、いつもよりも濡れた目が古谷を下から覗き込むように見つめてくる。

古谷は答えず、ただ、微笑みを返して、それを許した。

白井は古谷と組んだ腕に、さらに添えるように手を重ね、嬉しそうにゆっくりと古谷のコートの右肩に頬をすり寄せた。

古谷と会う以前から、同性にしか魅かれない自分の性癖が暴かれることをひどく恐れてきた白井だが、こうして互いに心通い合うようになっても、今もなお、青年は依然として人の目を恐れている。

これまで白井が向けられてきた白い目、初恋の相手からも目の前で残酷な言葉を投げつけられた辛く苦い経験、そして、数年前にも実際に同僚であった櫻井の手によって、性交中の様子を盗撮したビデオを突きつけられ、脅されたことなど、その原因たるものは数え上げればきりがない。

白井が初めて古谷を誘ったときもそうだったが、白井がもともとの性癖を露《あらわ》にできるのは、こうして飲めないアルコールの力を借りたときだけだった。

どこまでも青年を悩ませる、罪の意識をすくいとり、共にその罪悪感を分かち合ってやりたいと思いながら、古谷はひとけのない通りを白井と寄り添い歩いていた。

しばらくそうして腕を組んだまま、裏通りを歩くと、もうすっかり明かりの落ちた南京町に出てくる。

「すごい…、誰もいない…」

白井は吐息混じりに声を洩らす。

普段は観光地の一つとして、多くの人間で賑わった中華街は、もう夜遅いために派手な看板やネオンもすっかり明かりを落とし、街灯が白く点っているだけだった。

もとは外国人居留地として栄えた神戸の街だが、南京町の中華風のゴテゴテとしたエキゾチックな町並みは、まるで閉園後の夜の遊園地のようでもあった。

「僕だけのもんみたい…」

古谷の腕に捕まったまま小さく呟くと、次に白井は軽い歓声を上げ、古谷の腕を放して、がらんとした南京町の四つ辻の中央へと駆けていった。

土日や祭日は、有名な小籠包《ショウロンポウ》の店の客などで必ず長蛇の列ができ、いつも賑わっている広場はがらんと広く、すっかり電気も落ち、まったく人気がない。

わずかに閉店したレストランの青いネオンだけが、ジーッ…、と音を立てて明滅している。

いかにもチャイナタウンらしい極彩色に彩られた中華風の東屋や、観光客が投げ捨てたと思われるいくつものゴミが広場に散らかっている様子が、わずかに点ったそのネオンの青い光に、黒く影となって浮き上がっている。

白井はその東屋のところまで走ってゆくと、赤い柱に手をかけ、ぐるぐるとその柱の周りをまわるようにして、コートの裾をひらめかせる。

首に巻き付けている長めのマフラーが、白井の動きにつれては揺れた。

古谷が苦笑しながら近づいてゆくと、小さく鼻歌めいたものを洩らしているのが聞こえる。

少し陶然としたその表情を見ても、その子供のような仕種を見ても、まるで青年は踊っているかのように見えた。

白井は苦笑した古谷の方へと、かすかに笑いながら視線を流す。

「ご機嫌だね」

誰が見ても、酔っぱらいに見える青年のその柔らかな動きを見ながら、コートのポケットに両手を突っ込んだままの古谷は声をかける。

白井はまた、喉の奥でかすかに声を立てて笑った。

そして、柱から手を放すと、ふわりと古谷の方へと戻ってくる。

「僕のこと、酔っぱらってると思ってはります？」

白井は少し甘いようなアルコール臭のある息を洩らし、古谷の首に両腕をまわしてくる。

「そうだね、さっき私が思ってたよりも、ずいぶん酔ってるみたいだね」

うん、そうみたい…、と濡れた目を光らせ、白井は寒いでしょう…、と自分の首に巻き付けていたマフラーの両端を、古谷の首に巻いた。

「今日はずいぶん、サービスがいい」

明かりの落ちた広場で、青年の腕に抱き寄せられるまま、息がかかるほどの位置まで顔を寄せ、古谷は笑った。

「だって、本当に楽しかったもの」

答える白井の歯が、街灯の光にかすかにちらりと光った。

古谷は引き寄せられるようにして、その唇に唇を重ねてゆく。

甘いカクテルの味が残った口の中を探ると、熱っぽい舌が嬉しそうにそれに応えた。

唇を離しても、さらに背伸びをするようにして、白井は何度か、古谷の口許に口づけた。

最後に額をあわせるようにして、古谷が少し白井の身体を離すと、白井の腕が古谷の両腕を引いた。

「何？」

両腕を引かれるようにして、広場の真ん中へと引っ張り出され、大きく円を描くようにまわりながら、古谷は尋ねる。

「ダンス」

古谷の腕を取り、両手を握りあうようにして、さらに大きく円を描いてまわりながら、白井が笑った。

「ダンスか」

古谷は笑い、その無茶なダンスにつきあって広場をまわってやりながら、青年が口の中で呟くように歌っている声に、耳を傾ける。

白井が鼻歌混じりに歌っているのは、『ホワイト・クリスマス』だった。

「この酔っぱらいめ」

古谷の声に、白井はちらりと視線を上げると、距離を詰め、古谷の肩口に顔を埋めるようにして抱きつき、また楽しそうに笑った。

III

広いベッドの中の、心地よい温もりの中で、暖房がファンをまわす鈍い音に、白井はうっすらと目を開ける。

まだベッドサイドの明かりがついたままの広い部屋は古谷の寝室で、すぐかたわらには、古谷本人が裸のままで毛布にくるまり、やはり同様に剝き出しになった白井の肩を抱くようにして眠っていた。

時計を見ると、もう明け方近い時間だった。

暖房を効かせたまま睦み合って、明かりも空調も、すべてそのままにして眠り込んでしまっていたらしい。

喉の渇きを覚えた白井は、腕を伸ばして、古谷が置いておいてくれたらしい、サイドテーブルのミネラルウォーターの小さなボトルを取る。

すると、ベッドが軋《きし》む音に目を覚ましたのか、乱れた髪をかき上げながら、かたわらで古谷が目許をこすった。

「ごめんなさい、起こしました？」

男に低く声をかけると、古谷は鈍く瞬《まばた》く。

「…いや…、いい…」

普段はよく通る男の声は、寝起きであるためにひどく掠れている。

「…水…？」

「ええ」

問われ、白井は頷いた。

「私も…」

身を起こしかけた裸のままの腰を抱くようにして請われ、白井は微笑んで小さなボトルをあおった。

男の形のいい唇に、口移しに水を流し込む。

古谷は喉を鳴らして、白井の与えた水を飲み込むと、満足そうに枕に顔を埋め直し、目を閉じた。

すぐにそのまま、男は眠りに落ちたようだった。

白井も残りの水をいくらか飲んで、渇いた喉を潤すと、再び男のかたわらにもぐり込む。

古谷の方に顔を寄せるようにすると、最近、古谷がエゴイストのかわりにつけるようになった、ブルガリのメンズのトワレがやわらかく香った。

白井が以前、古谷の誕生日に贈ってから、古谷が気にいってつけるようになった香りだった。

以前の際立った香りも古谷によく似合っていたが、ほんのすぐ側まで顔を近づけなければわからない、このかすかな柑橘系の香りが、白井は好きだった。

白井は身を伸ばし、剝き出しになった男の首筋や肩に鼻先を押しつけ、淡い香りを確かめるようにしながら、幾度も男の肌に口づける。

眠っているとばかり思っていた古谷の腕が、やわらかく白井の腰のあたりを抱き寄せた。

白井は抱き寄せられるままに男の髪に指を絡め、ぴったりと肌を合わせる。

硬い黒髪を撫で、男の肌に残った香りに陶然となる。

こうして肌を合わせていれば、何も恐ろしいものはないように思えた。

男の手足に自分の四肢を絡みつけ、その深い吐息に耳を傾ける。

胸を深く合わせ、規則正しい鼓動を肌越しに感じる。

この合わさった肌から、互いの体温が溶けあってゆくのがわかる。

けして表立って公言できぬ関係だとわかっているのに、こんなにも愛しい。こんなにも恋しい。

体温と共に言葉に尽くせぬほどの想いが溢れて、合わさった肌から溶けあい、男の身体へと流れ込んでゆくような気がする。

この罪の意識と愛おしさとを抱いたまま、深く深く溶けあって、互いの輪郭までなくしてしまいたい…、と白井は思った。

互いの境がわからなくなるほど、すっかり溶けあうことができるなら、もうこのまま地獄に堕ちてしまってもいいと、白井は深く息をつく。

この男のすべてが…髪、頬、唇、この声、この指、この香り、そしてこの肌の温もりですら、こんなにも愛おしい。

どうしてこんなに恋しいのに…、手を伸ばし、抱き寄せればぴったりと肌は馴染むのに…、なぜにこの身は互いに二つなのだろう…、と白井は男の規則正しい鼓動を聞く。

こんなにも愛しい、こんなにも恋しい。

こんなにも狂おしい想いが、この世にあるなんて…、白井は瞼を閉ざす。

こうして二人、どこまでも溶けてゆけたらいいのに…。

白井は固く目を閉ざし、深く深く男の身体を抱いていた。

END

あとがき

かわいです、とうとう本シリーズも最終作となりました。ここまでおつきあいいただいて、ありがとうございます。

今回、『ラッフルズ・ホテル』という短編が外れて、『蟬時雨』が二冊目から移動してきたほか、『二人静』『河原町』『私生活』の三編が新しく書き下ろしで入っています。個人的にはこの三編、どれも気に入ってるのですが、やはり…一番は『河原町』ですかね？　いや、いろんな意味で…。

並び順も担当のK田さんが新しく考えてくださったので、自分でもちょっと新鮮な感じです。石田さんにはカット以外に新しく扉絵まで描きおろしていただいて、ありがとうございます。

さて、作中の白井の京訛。基本的には母方の祖母の使う言葉をベースに考えてました…っていっても、字面にするとあまり独特の柔らかみってわからないんですが…。私の母も京都の人間ですが、怒った時ぐらいにしかあまり京言葉だなっていう感じはしないですし、さすがにこの年になると子供の時のように怒られることもなくなってきたので、普段はあまり意識することもないのですが、祖母と話すと本当に京都の人だなぁと思います。母同様、自分と同世代の京都の友人や従姉妹と話す時は、言葉運びが大阪の子よりもおっとりしてるなぁぐらいの感覚なのですが、祖母ぐらいの年になるとやっぱり言葉遣いからして違う。この間、京都の植物園前でバスの行き先を教えてくださったおばあちゃんが、祖母と同じような話し方をされてて嬉しかったです。「どこ、お行きやすのん？（実際聞くと、のがかなり小さい感じ）」って。子供の頃、祖母に激励される時、「しっかりおきばりやす」とか言われて、ほにゃにゃ〜と力が抜けるようでおかしかったのですが、言葉自体は可愛らしくて好きだったなぁ。

別に京都に限らず、けっこう土地固有の言葉って好きです。独特の言い回しや温かみのようなものがあって、実際に耳で聞いてみるとすごく嬉しい。字面だけで見ててもわからないものだし。大学の時は、岡山や富山から来てた子の言葉が、本当に可愛くて好きでした。関西弁は最近、全国ベースで聞くことも多いけど、もっともっと他の地方の言葉も色々と聞けたら楽しいのになと思います。

えーと、それからちょっと神戸について。個人的には、神戸で肉まんを食べるなら、一貫楼が一番美味しくてお勧めです。大きくて食べ応えがあってジューシーで、しかもグッド・プライスなので大好きです。ご飯前に食べると何も入らなくなるので、食事を予定されてる時にはぜひ、おみやげに。私は神戸に行けば必ずふらふらと買いに行き、余った分は冷凍しちゃいます。一貫楼は元町駅から鯉川筋を大丸に向かって下る途中、左手にあります。あと、焼き豚なら中華街の和記が絶品。日曜は休まれてたような気がするので、もし行かれるなら、念のため定休日をチェックしてください。

さて、今回、担当のK田さんには、本当に丁寧に文章に目を通していただきました。ありがとうございます。私が何度も何度も平気で登場人物の年齢を間違うので、ついには表まで作っていただきました…ご迷惑おかけしてすみません、助かりました。他にも色々ご尽力いただいて、本当にありがとうございました。石田さんもとてもお忙しい時期にありがとうございました。どんなイラストができあがってくるのかなぁと、とても楽しみで嬉しかったです。

そして最後にこのシリーズを手に取っていただいた方に…、どうもありがとうございました。今回、初めて目にしていただいた方もいらっしゃれば、ビブロスさんからの旧シリーズをお持ちの方の中にも、ずいぶん手に取っていただいた方がいらっしゃるようで、すごくありがたいことです。

今度はまた、新しい作品でお目にかかることができますよう、頑張りますのでよろしくお願いいたします。

かわい有美子拝

CROSS NOVELSシリーズ発行予定作品
各・定価900円(税込)
伝説のDr's LOVE♥
大幅加筆を加え
リニューアルで登場!
それは激しく
危険な情熱
EGOISTE
かわい有美子
イラスト 石田育絵
エゴイスト
儚気な美貌をうつむきがちに隠した研修医の白井は、新たな配属先の医長、古谷と出会う。冷徹で尊大な古谷の魅力に惹かれながらも、己の性癖を引け目に思う白井だったが、強引な古谷に絡め取られるように関係を持ってしまい……。
[EGOISTE] [EGOISTE 2]
絶賛発売中!

※「看護婦」「婦長」の名称は平成14年より、「看護師」として統一されました。しかし本書では、作品の時代背景を損なわぬようそのままとさせていただきます。ご了承ください。

CROSS NOVELSをお買い上げいただき
ありがとうございます。
この本を読んだご意見・ご感想をお寄せください。
〒110-8625
東京都台東区東上野4-8-1　笠倉出版社
CROSS NOVELS 編集部
「かわい有美子先生」係／「石田育絵先生」係

＜初出一覧＞
この作品は、2001年2月ビブロス刊『Fetish』に
大幅加筆・修正を加えたものです。

CROSS NOVELS

Fetish
ÉGOÏSTE 3

著者
かわい有美子

2005年2月23日　初版発行　検印廃止
発行者　加藤健次
発行所　株式会社　笠倉出版社
〒110-8625　東京都台東区東上野4-8-1　笠倉ビル
[営業]ＴＥＬ　03-3847-1155
ＦＡＸ　03-3847-1154
[編集]ＴＥＬ　03-5828-1234
ＦＡＸ　03-5828-8666
http://www.kasakura.co.jp/
振替口座　00130-9-75686
印刷　株式会社　光邦
装丁　ケンヂ★イトウ
ISBN　4-7730-0293-X
Printed in japan